Keys of Zodan
EMILIOS STORY

Impressum

1. Auflage 04/2025

Copyright © 2025 Sandra Mahn

Autor: Sandra Mahn

Anschrift: Platz des Friedens 2, 01705 Freital, Germany

E-Mail: keysofzodan@sanmahpicture.de

Web: www.sanmahpicture.de

Social Media: @SanmahPicture

Umschlaggestaltung, Illustrationen: Sandra Mahn (SanmahPicture)

Verlag: BoD · Books on Demand GmbH, Überseering 33, 22297 Hamburg,
       bod@bod.de

Druck: Libri Plureos GmbH, Friedensallee 273, 22763 Hamburg

ISBN: 978-3-8192-2541-3

Ich beobachte ein paar Tauben, die direkt neben mir auf dem kalten Boden nach Futter suchen. Sie tapsen durch den Schnee und hinterlassen ihre Spuren. Ich werfe ihnen ein paar Krümel meiner Semmel hin. Sie picken sie auf.

Nervös wandert mein Blick zur Bahnhofsuhr. Ich warte auf jemanden. Er heißt Zacharias. Wir haben uns online kennengelernt. Laut seinen Angaben ist er ein attraktiver 42-jähriger mit markantem Gesicht. Ich bin seit Ende August vierzehn und ehre die Marke Milchbubi. Meine Eltern wissen nicht, dass ich mich heute mit Zacharias treffe, denn eigentlich müsste ich ein braver Sohn und in der Schule sein.

Neben mir fährt ein Zug ein. Leute steigen aus. Es herrscht reges Treiben. Sie drängeln an mir vorbei und verteilen sich auf dem Bahnhof. Mir wird es zu laut. Ich esse den letzten Bissen der Semmel, die ich mir vorhin beim Bäcker geholt habe und gehe nach draußen. Entfernt sehe ich einen geschmückten Weihnachtsbaum. Es ist Ende November und am Wochenende ist der 1. Advent. Ich bin nicht in Weihnachtsstimmung, aber der süße Geruch, der von den Buden des Weihnachtsmarktes rüber weht, weckt mein Interesse. Ich sehe noch einmal auf die Uhr im Handy. Zehn Minuten, dann ist es 10:00 Uhr.

Mit den gebrannten Mandeln in der roten Papiertüte stelle ich mich an den Haupteingang vom Bahnhof. Ich ziehe einen Handschuh aus, damit das süße Zeug sich nicht in der Wolle verfängt. Während ich esse bleibt jemand neben mir stehen. Nervös sehe ich in seine Richtung und erkenne einen Mann, auf den Zacharias' Beschreibung passt. Er trägt einen schwarzen Mantel und hält eine Aktentasche in der Hand. Freundlich lächelt er mich an.

„Emilio?", fragt er.

Ich spüre, wie sich alles in mir anspannt. Fast verschlucke ich mich an einer Mandel.

„Hallo", antworte ich schüchtern.

„Freut mich. Das ist das erste Mal, dass die Realität die Online-Beschreibung übertrifft", lacht er.

Verlegen nehme ich das Kompliment an.

„Hast du Lust einen Kaffee trinken zu gehen?", fragt Zacharias.

„Ich trinke noch keinen Kaffee."

„Aber einen Kakao?"

„Okay."

Er kennt ein gemütliches Café in der Nähe des Bahnhofes. Es hat gerade erst geöffnet und wir sind die einzigen Gäste. Unser Tisch steht direkt am bodenhohen Fenster. Von hier aus kann ich die Leute beobachten, die draußen vorbeilaufen.

„Fasziniert dich die Großstadt?", fragt Zacharias und reißt mich aus den Gedanken. Schüchtern sehe ich zu ihm. Er nippt an seinem Kaffee.

„Ich komme nur selten aus Kittlitz raus", antworte ich.

„Was hältst du davon, wenn ich dir später die Stadt zeige?"

„Das würde mir gefallen."

Er nickt, stellt seine Tasse ab und streichelt meine Hand. Ich werde ganz verlegen und mein Bauch fängt an zu kribbeln.

„Ist es wahr, was du im Chat geschrieben hast, Emilio?"

„J-Ja."

Er lächelt charmant.

„Gut, dann möchte ich nachher mit dir in ein Hotel gehen."

Mein Herz hüpft mir gleich aus der Brust. Eilig trinke ich einen Schluck vom Kakao. Zacharias beobachtet mich amüsiert und beginnt ein neues Gespräch.

Nachdem wir ausgetrunken und er bezahlt hat, verlassen wir das Café. Nebeneinander laufen wir durch die verschneite Stadt. Ich will mir den Weg zurück zum Bahnhof merken, aber es sind zu viele Seitengassen, die alle gleich aussehen.

,Hoffentlich verlaufe ich mich nachher nicht.'

Zacharias zeigt mir ein paar Sehenswürdigkeiten, bevor wir vor einem Hotel stehenbleiben. Meine Beine werden weich.

„Kommst du?", fragt er.

Ich schlucke und nicke. Er weiß nicht, dass ich erst vierzehn bin. Leise betrete ich nach ihm das schicke Hotel. Es ist angenehm warm und sehr vornehm eingerichtet. Die junge Frau am Empfang heißt uns herzlich willkommen. Zacharias ordert ein Zimmer. Ich bin so beschämt, dass ich der Frau gar nicht ins Gesicht sehen kann.

Sie gibt ihm den Schlüssel. Wir nehmen den Fahrstuhl bis ins Obergeschoss. Meine Nervosität steigt von Etage zu Etage. Plötzlich bleibt der Fahrstuhl stehen. Die Türen öffnen sich. Zitternd folge ich Zacharias über den Gang in das Zimmer. Er lässt mich zuerst eintreten und schließt hinter sich ab.

Ich sehe mich um. Der Raum ist hell und freundlich. Ein großes Bett befindet sich genau in der Mitte. Zacharias stellt den Aktenkoffer an die Seite und öffnet seinen Mantel. Ich beobachte ihn, bis in mir selbst der Impuls geweckt wird, meine Jacke auszuziehen. Doch Zacharias unterbricht mich, bevor der Reißverschluss unten ist. Zurückhaltend lasse ich mich von ihm ausziehen, bis seine Hand unter meinem Pulli ist. Verlegen huscht mein Blick zu ihm. Er streichelt meine Haare und küsst mich. Danach zieht er mir den Pullover über den Kopf. Ich bekomme Gänsehaut.

„Lass uns ins Bett gehen", sagt er.

Schüchtern folge ich und setze mich auf die Matratze.

„Leg dich hin, Emilio."

Er lockert seine Krawatte, bevor er sich über mich beugt. Sein Bein drückt gegen meinen Schritt. Mein Atem wird schneller. Mir ist ganz heiß.

„Gefällt dir das?", fragt er und sieht mich an.

Ich will nicht wissen, wie rot ich bin. Beschämt ringe ich mir ein Nicken ab. Mein Gegenüber lächelt.

„Wenn es dir zu schnell geht, sag Bescheid."

Er öffnet seine Hose…

KAPITEL 1

Los, hierher!", schreit Thorben.

Mir klatscht der Regen ins Gesicht. Ich kann kaum noch etwas sehen, aber das ist egal. Ich weiß, wohin ich den Ball treten muss.

„Renn!", rufe ich, nachdem ich am Gegner vorbei zu Thorben gepasst habe.

Er dribbelt. Ich folge und bete, dass alles so läuft wie im Training.

„Mio, Achtung!", ruft Thorben schneller, als ich dachte.

‚Das war das Zeichen', denke ich und renne auf das Tor zu. Von weit weg höre ich Thorbens Fuß, der gegen den Ball tritt. Er fliegt zu mir. Im Lauf nehme ich ihn an und weiche knapp einem Gegner aus, der über das nasse Gras gerutscht kommt.

‚Du kriegst ihn nicht', denke ich und peile das Tor an.

Die Abwehr steht. Es wird schwer, sie zu durchbrechen, aber ich kann das. Mag ich auch in der Schule eine Null sein, auf dem Rasen bin ich es nicht.

„Gib ab!", ruft Thorben, um unsere Gegner zu verwirren.

„Okay!" Ich täusche einen Schuss in seine Richtung an. Die Abwehr geht darauf ein. Trotz des starken Regens erkenne ich, wie ihre Köpfe sich in Thorbens Richtung drehen, weil sie ihn als Ziel erwarten.

‚Reingefallen!' Mit voller Kraft trete ich gegen den Ball. Er geht zielgenau zum Torwart. Der große Typ mit der 1 auf dem Trikot springt. Seine Finger berühren den Ball, aber er hält ihn nicht.

„TOR!", jubelt meine Mannschaft.

Thorben und ich laufen uns entgegen und umarmen uns.

„Scheiße, war das knapp!", lacht er, fährt sich durch die braunen Haare und klopft mir auf den Rücken. Ich sehe ihn verlegen an und fühle das Kribbeln in meinem Bauch. Schnell lasse ich von ihm ab und will zurück auf Position, aber da pfeift der Schiedsrichter. Er beendet das Spiel wegen des starken Regens. Wir haben gewonnen. Der Jubel ist groß.

Zufrieden laufe ich an dem Tag nach Hause. Meine Eltern erwarten mich bereits.

„Wieso gehst du nicht ans Handy? Ich wollte dich abholen kommen", sagt Mama und hält mir im Flur ein Handtuch entgegen. Dankend rubble ich mir das Gesicht trocken.

„Ich wollte laufen", antworte ich und eile ins Wohnzimmer, um Papa von unserem Sieg zu berichten. Er blickt stolz von seinem Buch auf.

„Sehr gut gemacht, mein Sohn."

Glücklich berichte ich von allen Details. Es kommt nicht oft vor, dass mein Papa mich lobt. Viel Zeit, den Moment auszukosten, bleibt mir jedoch nicht, da Mama mich zum Duschen drängt.

„Du erkältest dich noch, Mio", befürchtet sie.

Im Gegensatz zu Papa ist Mama sehr fürsorglich. Ich bin gern in ihrer Nähe, weil wir uns sehr ähnlich sind. Papa missfällt das, da er kein Muttersöhnchen zum Kind haben will. Aber gerade interessiert mich nur das heiße Wasser in der Dusche.

Zusammen mit meinen Eltern lebe ich in einem gemütlichen Häuschen in Kittlitz. Wir sind eine glückliche Familie, auch wenn es hier und da mal Streit gibt, weil Papa keine andere Meinung als seine eigene zulässt. Er ist ein strenger Mann und sehr gut in seinem Job als Polizist, während Mama zu Hause den Haushalt schmeißt und immer für mich da ist. Ich bin zufrieden mit meinem Leben, wäre da nicht das eine Problem, das mich täglich begleitet.

Mir ist im letzten Jahr aufgefallen, dass ich mich sehr stark zu Thorben, einem Jungen aus meinem Fußballverein, hingezogen fühle, obwohl wir dem gleichen Geschlecht angehören. Meine Gefühle haben mich erschreckt und ich wollte sie leugnen, aber spätestens, als ich ihn nach dem Training nackt unter der Dusche beobachtet habe und mich sein Anblick erregte, musste ich mir eingestehen, dass ich nicht normal sein kann. Das war ein ziemlicher Schock. Ich wollte nicht so sein und zwang mich, die Mädchen in meiner Klasse genauer anzusehen und sie besser als ihn zu finden. Ein paar reagierten positiv auf meine Blicke, aber bei mir sprang kein Funke über. Thorben bleibt unfreiwillig meine Nummer Eins.

Ich weiß, dass aus uns niemals ein Paar werden wird, denn ich könnte nie offen zugeben, schwul zu sein. Abgesehen davon steht Thorben auf Mädchen. Ich habe ihn in der Umkleide mit unserem Torwart reden hören, dass er sich in letzter Zeit mit einem Mädchen aus dem Tanzverein seiner Schwester trifft. Seit ich das weiß, checke ich täglich sein Onlineprofil um zu kontrollieren, ob ich ihn verloren habe. Ziemlich armselig. Mir entweicht ein tiefer Seufzer. Ich liege nach dem Duschen in meinem Bett und erinnere mich an den heutigen Sieg beim Trainingsspiel. Thorben und ich haben super zusammen funktioniert. Ich liebe es, mit ihm dem Ball nachzujagen und Tore für unsere Mannschaft zu holen. Aber am meisten liebe ich das Bauchkribbeln, das er in mir auslöst.

Meine Gedanken reißen ab, als Mama an die Tür klopft und in mein Zimmer kommt. Sie setzt sich zu mir ans Bett und streichelt über meine dunkelbraunen Haare. Ich trage sie länger, weil ich zu kurze nicht mag. Das ist wohl eine weitere Macke von mir.

„Man sieht deine schönen blauen Augen kaum noch. Du musst mal wieder zum Friseur. Irgendwann wirst du nichts mehr sehen", sagt Mama und schmunzelt.

„Noch geht's."

Sie gibt mir einen Kuss auf die Stirn und wünscht mir eine gute Nacht, bevor sie mein Zimmer verlässt. Ich seufze und streiche mir den Pony zurecht, bevor ich noch einen Blick aufs Handy werfe. Ich habe eine Nachricht von einem Mädchen aus der Schule. Sie heißt Nele und geht in die Parallelklasse. Ich kenne sie aus der Nachhilfe, die unsere Klassen jeden Donnerstagnachmittag gemeinsam haben. Ich bin sehr schlecht in der Schule, weshalb ich auf den Förderunterricht angewiesen bin.

Nele und ich sitzen nebeneinander und sie hat darauf bestanden, dass wir Nummern tauschen.

„Ich habe gehört, dass ihr gewonnen habt. Glückwunsch", schreibt sie und schickt ein Herzchen mit.

„Danke. Dein Daumendrücken hat geholfen", antworte ich.

„Da könntest du mich doch morgen nach der Nachhilfe auf ein Stück Kuchen einladen, schließlich bin ich dein Glücksbringer."

Ich seufze. Nele flirtet oft mit mir. Bisher konnte ich Dates immer recht gut ausweichen, aber langsam gehen mir die Ausreden aus.

Am nächsten Tag wartet sie vor dem Nachhilfezimmer auf mich und zwirbelt ungeduldig an ihren blonden Haaren. Ich bin etwas zu spät dran, weil ich nach dem Sportunterricht getrödelt habe.

„Da bist du ja endlich! Ich hatte schon Sorge, du kommst nicht mehr." Sie will mich umarmen. Zurückhaltend gehe ich auf Abstand.

„Wir hatten heute Ausdauerlauf. Komm mir lieber nicht zu nah. Ich war nicht duschen."

„Männerschweiß gefällt mir", kichert sie und will an mir schnuppern.

„Lass mal. Ich stinke wirklich."

„Dann sitzt du heute am Fenster."

Wir gehen ins Zimmer.

Der Unterricht beginnt und ist echt öde. Mein Blick schweift von der Tafel ab und landet ungeplant bei Neles tiefem Ausschnitt. Dummerweise bemerkt die Lehrerin meine Spannerei.

„Emilio, auch wenn dich Neles Dekolleté im Moment vielleicht mehr interessiert als meine Gleichung an der Tafel, würde ich dich trotzdem bitten, zuzuhören!" Das Gelächter ist auf meiner Seite. Beschämt sehe ich zur Tafel zurück und bin sicher knallrot im Gesicht. Nele zwickt mich in die Seite.

„Sorry", flüstere ich verlegen.

„Du Ferkel", sagt sie mit einem stolzen Unterton, den ich nicht nachvollziehen kann. Aber ich brauche mir nicht länger den Kopf darüber zu zerbrechen, da die Lehrerin mich erneut dabei erwischt, unaufmerksam zu sein. Die hat mich offensichtlich auf dem Kieker. Als Strafe für mein Fehlverhalten brummt sie mir eine Zusatzhausaufgabe übers Wochenende auf. Nele bleibt verschont. Ich gönne es ihr, ungerecht ist es aber trotzdem.

Frustriert wegen der Extraarbeit verlasse ich am späten Nachmittag den Unterricht. Ich will nach Hause, aber Nele erinnert mich an unser Date. Sie hakt sich in meine Armbeuge und drückt ihre Brüste gegen mich. In mir kribbelt es. So ganz kalt lässt mich der Körperkontakt zu Mädchen wohl doch nicht. Liegt vielleicht an der Pubertät.

„Die dumme Kuh hatte es heute ganz schön mit dir. Wenn du willst, helfe ich dir bei der Aufgabe", bietet sie an.

„Lass mal."

„Ja, stimmt. Ich würde dich nur zu sehr ablenken." Mit einem zufriedenen Kichern beendet Nele das Thema und wir verlassen die Schule.

Ich kaufe beim Bäcker ein paar Kekse für uns, die wir auf dem Heimweg essen. Nele ist nicht ganz zufrieden, da sie sich scheinbar auf ein romantisches Candle-Light-Dinner im Café gefreut hat, aber dazu fehlt mir die Lust - und das Geld.

„Du stehst echt auf Süßes, oder?", fragt sie, während wir gemütlich über den Gehweg schlendern.

„Kann sein", antworte ich.

„Ziemlich selten für einen Typen", gibt sie zu bedenken.

„Ich mag auch Fleisch."

„Fleischkekse", lacht sie und sorgt auch bei mir für bessere Laune. Nele nutzt die Gelegenheit, um mir auf die Pelle zu rücken. Sie nimmt meine Hand und kommt dicht neben mich. Ich muss aufpassen, ihr nicht versehentlich auf die Füße zu treten.

„Wann lädst du mich denn mal auf ein richtiges Date ein, Mio?"

„Äh… Hab ich sowas gesagt?", frage ich nervös und suche verzweifelt eine Ausrede.

„Ich will, dass du mich mal richtig einlädst! Ins Kino oder in den Zoo."

„I-Ich hab mit dem Fußball immer ziemlich viel um die Ohren, weißt du …"

Nele bleibt stehen.

„Das klingt nach Ausrede. Hast du etwa 'ne Freundin, von der ich nichts weiß?"

„N-Nein, ich habe einfach wenig Zeit", stottere ich und höre plötzlich aus der Ferne, wie jemand meinen Namen ruft. Verwirrt sehe ich zur anderen Straßenseite. Thorben winkt mir, aber er ist nicht allein. Neben ihm steht ein Mädchen. Ich kenne sie nicht, aber ich ahne, wer sie sein könnte.

Die beiden kommen zu uns.

„Hi, so ein Zufall", sagt Thorben. „Wir waren gerade spazieren. Ist die Nachhilfe schon aus?", fragt er und strotzt vor Fröhlichkeit.

„Ja", antworte ich und sehe die Fremde mit ihrem rotblonden Zopf an. Mein Bauch zieht sich zusammen. Ich empfinde Eifersucht, weil sie seine Hand halten darf und ich nicht. Thorben bemerkt meinen Blick. Er legt prompt seinen Arm um das Mädel.

„Ihr kennt euch noch nicht. Das ist Nancy. Wir sind seit heute zusammen." Seine Worte versetzen mir einen Stich ins Herz.

Nancy schaut mich freundlich an. Sie hat ein hübsches Lächeln und wirkt nett, trotzdem kann ich sie nicht ausstehen. Vor meinem inneren Auge zerbricht gerade die Hoffnung, Thorben würde sich irgendwann doch zu mir hingezogen fühlen. Ich bin am Boden zerstört.

„Freut mich, euch kennenzulernen", sagt Nancy.

Nele winkt ihr zu.

„Ich bin Nele und das ist Mio", erklärt sie und legt ihren Kopf an meine Schulter.

„Ich wusste gar nicht, dass ihr zusammen seid", sagt Thorben überrascht.

„Das sind wir noch nicht", antwortet Nele und sieht mich verliebt an, wohl darauf hoffend, dass ich widerspreche. Aber ich schweige. Mir geht's gerade absolut schlecht. Ich will nur weg und heulen, weil die Welt so ungerecht ist und ich als Junge geboren worden bin. Auf meine Gefühle nimmt jedoch niemand Rücksicht. Die Unterhaltung geht weiter und ich muss mir Mühe geben, meine Enttäuschung nicht offen zu zeigen. Irgendwann wird das Theater aber zu schwierig, weshalb ich aufs Handy sehe und die fortgeschrittene Uhrzeit als Ausrede benutze, um nach Hause zu gehen.

„Warte, ich begleite dich. Bis später", sagt Nele und verabschiedet sich von Thorben und Nancy.

Auf dem Weg zur nächsten Haltestelle werde ich gelöchert.

„Thorben ist in deiner Mannschaft, oder?"

„Ja", seufze ich und wecke ungewollt ihr Misstrauen.

„Kann es sein, dass du eifersüchtig bist? Willst du etwa was von dieser Nancy?"

Ich fühle mich ertappt, auch wenn ihre Vermutung nicht ganz richtig ist.

Nele seufzt.

„Also bist du in sie und nicht in mich verliebt", schlussfolgert sie und lässt den Kopf hängen.

„N-Nein, ich bin nicht in Nancy- ..."

„Klar! Das sieht man dir an! Wie fies! Und ich dachte, du würdest mich mögen! Hast du mir etwa die ganze Zeit etwas vorgemacht?"

„Nein, du irrst dich! Ich bin nicht in sie verliebt."

„Und in mich?"

Schützend hebe ich die Hände.

„Nele, was fragst du mich für Sachen? Lass uns den Nachmittag bitte vergessen. Es ist heute einfach nicht mein Tag."

Zu meinem Glück kommt der Bus sofort als wir die Haltestelle erreichen. Er verschafft mir eine Verschnaufpause. Nele ist es wahrscheinlich zu unangenehm, das Thema vor den anderen Leuten weiterzuführen, weshalb sie schweigt und sich mit ihrem Handy beschäftigt. Ich atme tief durch und sehe betrübt aus dem Fenster. Als Nele aussteigen muss, will ich mich von ihr verabschieden, aber sie zeigt mir die kalte Schulter.

„Spar dir das. Und ja, du stinkst wirklich. Geh das nächste Mal duschen", knurrt sie wütend und verlässt den Bus.

Deprimiert fahre ich nach Hause, wo der Pechtag aber auch kein Ende findet. Mama braucht meine Hilfe im Garten. Papa ist auf Streife und sie bekommt die schweren Steine für die Teichumrandung alleine nicht verlegt.

„Ich kann nicht", antworte ich.

„Mio, bitte. Ich möchte das fertig haben, bevor Papa nach Hause kommt."

Resigniert gehe ich zu ihr und packe den ersten Stein.

„Sei vorsichtig. Die sind schwer", sagt Mama, aber da ist es schon zu spät. Ich lasse das verdammte Ding fallen und er landet direkt auf meinem Fuß.

Jackpott.

Der Tag endet in der Notaufnahme.

„Einen Bruch können wir nach der Röntgenaufnahme ausschließen", erklärt der Arzt und lässt meinen Fuß von der Krankenschwester einwickeln. „Schmerzmittel und Ruhe. In zwei Wochen sehen wir uns das gute Stück noch einmal an."

‚Zwei Wochen - bitte nicht', denke ich geschockt.

Auf dem Heimweg sitze ich still neben Mama im Auto.

„Es tut mir leid, Mio", sagt sie.

Ich schweige.

„Heute scheint nicht dein Glückstag zu sein. Ist in der Schule irgendetwas passiert? Du hast selten so schlechte Laune."

„Nein. Mir ist gerade ein dummer Stein auf den Fuß gefallen, weshalb ich die nächsten Wochen nicht Fußballspielen kann. Da hätte jeder schlechte Laune." Ich entschuldige mich gleich bei Mama für die barsche

Antwort, die mir schneller als gewollt über die Lippen gekommen ist.

Mama seufzt und setzt den Blinker. Sie biegt in unsere Einfahrt und parkt neben Papa. Ich quäle mich aus dem Auto. Mama gibt mir die Krücken.

„Soll ich dir helfen?"

„Nein, geht schon."

Papa steht im Flur und betrachtet das Dilemma. Mama hat ihn bereits aus dem Krankenhaus angerufen und informiert, damit er sich keine Sorgen macht.

Er seufzt.

„Wie lange?"

„Zwei Wochen erstmal", antworte ich geknickt.

„Hoffentlich nicht länger, sonst verlierst du deine Form."

„Als ob das wichtig ist", widerspricht Mama. „Wir können froh sein, dass sein Fuß nur geprellt ist."

„Was kannst du auch nicht richtig zupacken, Junge! Die kleinen Steinchen!"

Genau das habe ich jetzt noch gebraucht: Papas Appell an meine mangelhafte Männlichkeit. Ich hasse diese Seite an ihm. Mir ist klar, dass er mich liebhat und in seinen Augen nur das Beste für mich will, aber manchmal ist eine Umarmung sinnvoller als tausend Worte.

Enttäuscht verziehe ich mich auf mein Zimmer. Es dauert, bis ich die Treppe zur oberen Etage überwunden habe und endlich die Krücke wegwerfen und mich in mein Bett fallenlassen kann.

„So ein Mist", flüstere ich und merke, wie sich neben der Erschöpfung auch tiefe Traurigkeit in mir ausbreitet. Niedergeschlagen nehme ich mein Handy und mache ein Foto von meinem verbundenen Fuß. Ich poste es und hoffe, dass Nele es sieht und aus Mitleid unseren Streit vergisst. Ich bin zwar nicht in sie verliebt, aber sie ist mir trotzdem eine wichtige Freundin.

Während ich auf ihre Reaktion warte, sehe ich mir Thorbens Profil an. Er hat das Bild geändert und im Beziehungsstatus steht *vergeben*. Nancy und er lächeln glücklich in die Kamera.

‚Das ist so unfair', denke ich niedergeschlagen, als es plötzlich an meiner Tür klopft.

Ich richte mich auf und wische mir über die Augen.

„Ich möchte schlafen, Mama", rufe ich.

„Ich bin's", sagt Papa und kommt herein. Er setzt sich und klopft mir auf die Schulter.

„Kopf hoch, Emilio. Ich habe mir zu meiner Zeit als Spieler auch einmal das Bein verletzt. Aber ich ließ den Kopf nicht hängen und trainierte meine Bauch- und Armmuskeln. Das wirst du auch machen. Ein bisschen Kraft kann schließlich nicht schaden."

„Ich habe da keine Lust drauf", sage ich, obwohl ich ihn lieber fragen würde, was der Mist soll. ‚Fitness ist doch nicht alles im Leben, meine Güte!'

Papa zeigt sich unbeeindruckt: „Es geht nicht um Lust. Es ist notwendig, damit aus dir ein ordentlicher Mann wird, der ein paar Steine heben kann", erklärt er und bedenkt mich mit einem strengen Blick, der sämtliche Widerworte im Keim erstickt. Resigniert nehme ich seinen Vorschlag an, weil ich keine Lust auf Ärger habe. Das stimmt ihn zufrieden.

„Ich werde morgen meine alten Hanteln im Keller suchen und dir geben. Da kannst du nach der Schule trainieren. Das hätten wir schon eher so machen sollen, dann hättest du heute den Stein vielleicht nicht fallenlassen."

„Okay." – ‚Ich verfluche diesen Stein!'

Papa wünscht mir eine gute Nacht und geht. Ich bin erleichtert, als die Tür ins Schloss fällt. Sofort will ich mich bettfertig machen, damit der blöde Tag ein Ende findet, aber mein Handy meldet sich. Nele hat auf meinen Post reagiert.

„*Was soll das?*", schreibt sie.

„*Was soll was?*", lautet meine Antwort.

Sie nimmt eine Sprachnachricht auf, die ich mir sofort anhöre.

„Machst du jetzt einen auf Mitleid, damit ich dir vergebe, obwohl du heute so fies zu mir gewesen bist?" Sie klingt wütend.

„*Hilft es?*", schreibe ich als Antwort und erhalte die nächste Sprachnachricht.

„Ich bin immer noch wütend auf dich! Du hättest mir sagen müssen, dass du in diese Nancy verliebt bist! Ich habe mir Hoffnungen gemacht."

„Ich will nichts von ihr", antworte ich und denke sehnsüchtig an Thorben. Es tut richtig weh. So ähnlich scheint sich Nele gerade zu fühlen.

‚Ich muss ihr die Wahrheit sagen, aber ich trau mich nicht.' Ich male mir im Kopf aus, was passiert, wenn ich mich ihr gegenüber oute. Sie würde es bestimmt für einen Witz halten und beleidigt sein. Oder noch schlimmer: Sie glaubt, ich würde sie verarschen und mich über sie lustig machen. ‚Ich kann es nicht sagen. Wenn Nele es weitererzählt, bin ich geliefert.'

Traurig lege ich das Handy weg und lasse mich zurücksinken. Ich starre die Zimmerdecke an, während ich immer verzweifelter werde, weil mich niemand versteht und ich mit mir selbst überfordert bin.

KAPITEL 2

Die miese Stimmung hält die nächsten Tage an. Nele zeigt mir weiterhin die kalte Schulter und Papa quält mich zu Hause mit den blöden Hanteln, die ich am liebsten im hohen Bogen aus dem Fenster werfen würde. Er versteht nicht, dass ich keine Muskeln, sondern Thorben brauche. Es macht mich krank, dass er niemals mein sein wird. Die Seiten meines Tagebuchs sind vollgesaugt mit Tränen, die ich regelmäßig vergieße, wenn ich über meinen Liebeskummer schreibe. Voll armselig …

Eine Chatnachricht reißt mich aus den Gedanken. Ich bin zu Hause und sitze am Laptop, weil ich eine Hausaufgabe machen muss. Aber der Schwulenchat, in dem ich mich anonym angemeldet habe, ist interessanter. Ich suche verzweifelt nach Gleichgesinnten, die mir helfen, mit meinen Gefühlen umzugehen. Ich hoffe auf einen Trick, mit dem ich Thorben vergessen kann. Doch außer Bildern von nackten Genitalien und Fragen, welchen Sex ich bevorzuge, habe ich noch nichts bekommen.

Der Mann, mit dem ich gerade schreibe, scheint jedoch anders zu sein.

„Warum geht es dir nicht gut?", will er wissen.

„Ich hab Liebeskummer."

„Wenn du willst, kannst du mir von ihm erzählen =)"

Ich zögere, aber lasse mich schließlich darauf ein, die Hoffnung auf Heilung noch nicht aufzugeben. Kurz berichte ich von Thorben und werde tatsächlich von dem

Unbekannten ernst genommen. Er bekundet sein Beileid und meint, dass es ihm auch schon einmal so ging.

„Was hast du gemacht, damit der Schmerz aufhört? Ich will ihn einfach nur vergessen", schreibe ich und bin total gefesselt von dem netten Kontakt.

„Ich habe mich abgelenkt."

„Mit was?"

„Wenn du willst, zeige ich es dir. Dazu müssten wir uns jedoch treffen", bietet er an und verschafft mir einen Dämpfer. Ich zögere, bis die nächste Nachricht von ihm eingeht: *„Ich kann dir aber auch gern weiter zuhören, wenn dir nicht danach zumute ist, das Haus zu verlassen."*

Dieses Angebot reicht mir, um die Hoffnung auf eine Linderung meines Liebeskummers nicht aufzugeben.

Ich bleibe mit dem Mann in Kontakt. Wir schreiben die nächsten Tage sehr oft miteinander und tauschen uns nicht nur über Thorben, sondern unseren kompletten Alltag aus, bis ich gewillt bin, seine Einladung anzunehmen. Sobald ich die Krücken los bin, treffen wir uns. Am letzten Donnerstag im November ist es endlich soweit. Ohne es meinen Eltern zu sagen, verabrede ich mich mit Zacharias in Leipzig.

Überwältigt lasse ich die neuen Gefühle in dem Hotelbett auf mich wirken, bis ich plötzlich eine Stimme in meinem Kopf höre. Im ersten Moment achte ich nicht auf sie, aber sie wird lauter und lauter, sodass ich sie nicht mehr ausblenden kann.

‚Bald ist die Zeit gekommen, Erster Key – Auserwählter Zodans. Dein Ende wird der Anfang von etwas Großem sein. Es gibt kein Entkommen', sagt die dunkle Stimme, die mir eine Gänsehaut verschafft.

Zuerst weiß ich nicht, was ich denken soll. Eingeschüchtert frage ich Zacharias, ob er etwas zu mir gesagt hat. Er reagiert nicht, weil er zu beschäftigt mit dem ist, was wir gerade tun. Mein ungutes Bauchgefühl lässt mich nicht los. Ich wiederhole meine Frage, was er mit der Aussage - dein Ende wird der Anfang von etwas Großem sein - meint.

„Hör auf zu reden", lautet die Antwort. Mir wird der Mund zugehalten. Das ist zu viel für mich. Wenn ich etwas absolut nicht leiden kann, dann ist es die Hand von jemandem auf meinem Mund. Diese Geste weckt schreckliche Erinnerungen aus meiner Kindheit, die große Angst in mir auslösen. Mit meiner Erregung ist es jetzt endgültig vorbei. Ich winde mich unter ihm und schiebe seine Hand von meinem Mund. Plötzlich stöhnt er laut. Ich zucke zusammen, weil ich nicht sofort begreife, dass er gerade gekommen ist. Stocksteif liegt mein Körper in den zerwühlten Laken, während ich Zacharias erschrocken ansehe.

Er seufzt erleichtert und drückt mir einen nassen Kuss auf die Stirn, bevor er von mir runtergeht. Angeekelt wische ich seinen Speichel weg und sehe zu, mich schnell wieder anzuziehen. Zacharias zündet sich derweil eine

Zigarette an, nachdem das benutzte Kondom im Müll gelandet ist.

Mir ist ganz schlecht. Ich zittere und fühle mich überhaupt nicht glücklich. Aber Zacharias zu erzählen, dass ich Stimmen höre, halte ich mittlerweile für keine gute Idee mehr.

„Na, hast du jetzt deine Antwort?", fragt er und reißt mich aus meinen Sorgen.

„Ähm, ja. Danke", antworte ich und versuche normal zu klingen. Jedoch zittert meine Stimme. Zacharias steht vom Bett auf und umarmt mich. Angespannt verharre ich in meiner Bewegung und kann die Worte der grusligen Stimme einfach nicht vergessen.

Zum Abschied werde ich geküsst. Ich schmecke den Zigarettenqualm in seinem Speichel, der weitere Übelkeit in mir auslöst. Sämtliche Attraktivität, die der Mann vorher ausgestrahlt hat, ist verschwunden. Ich bereue es bereits, mit ihm ins Bett gegangen zu sein. Aber es wird noch schlimmer. Zacharias drückt mir beim Verabschieden einen 100-Euro-Schein in die Hand. Ich traue meinen Augen kaum. Noch bevor ich fragen kann, was das soll, gibt er mir die Antwort.

„Nimm es. Du hast es dir verdient. Ich habe selten so einen Jungen gehabt, der so ein toller Schauspieler ist wie du. Die Rolle des unerfahrenen Schuljungen habe ich dir zu jeder Sekunde abgenommen. Ich bin voll auf meine Kosten gekommen."

Mein Körper ist zur Salzsäule erstarrt.

‚Hat der meine Probleme etwa nur für ein Rollenspiel gehalten?!'

„Du solltest dich bei einer Agentur bewerben. Du hast Talent – nicht nur in der Horizontalen", sagt Zacharias und verabschiedet sich von mir, bevor er ins Badezimmer abbiegt. Als ich das Wasser der Dusche höre, erwacht mein Körper. Ich stecke das Geld ein und renne gedemütigt davon. Mir kommen ein paar Tränen, aber ich bin so wütend über mich selbst, dass ich sie nicht zulasse und wegblinzle.

KAPITEL 3

Während der Zugfahrt nach Hause muss ich die ganze Zeit an mein erstes Mal denken. Ich bereue zutiefst, was ich getan habe und kann nicht begreifen, wie ich so dumm gewesen sein konnte. Am liebsten würde ich die Zeit zurückdrehen.

Fast genauso schlimm ist die gruslige Stimme. Ich glaube mittlerweile, sie mir eingebildet zu haben, obwohl sie verdammt echt klang. Niedergeschlagen lasse ich den Blick aus dem Zugfenster schweifen. Ich beobachte die vorbeiziehende Landschaft, bis wir einen dunklen Tunnel passieren. In ihm taucht wie aus dem Nichts eine unheimliche Fratze auf, die sich von außen gegen die Scheibe drückt. Ich weiche schreiend zurück und lande auf dem Boden. Wie von Sinnen starre ich in das skelettähnliche Gesicht, das mich mit toten Augen von draußen anstarrt. Es wetzt seine Klauen an der Scheibe.

Mir bleibt fast das Herz stehen. Ich kann mich nicht bewegen und verharre auf dem Boden, bis eine ältere Frau mich anspricht, ob alles in Ordnung ist. Als sie meine Schulter berührt, schreie ich und mein Körper erwacht aus dem Stillstand. Ich springe auf und nehme für eine Sekunde den Blick der Fensterscheibe. Als ich wieder hinsehe, ist es verschwunden.

Wir verlassen den Tunnel und zurück bleiben mein wild klopfendes Herz, die weichen Knie und ein ungeheurer Schreck, den ich der Frau eingejagt habe, die sich um mich gesorgt hat.

Es ist bereits dunkel, als ich endlich wieder zu Hause ankomme. Meine Mama war bereits in Sorge, da ich schon längst aus der Schule hätte zurück sein müssen. Sie nimmt mich in den Arm, was mir sehr unangenehm ist. Auch wenn es ihr vielleicht nicht auffällt, aber ich rieche Zacharias überall an mir – genau wie den Angstschweiß, den dieses verdammte Monster ausgelöst hat, das ich mir im Zug eingebildet habe.

Erschöpft gehe ich ins Badezimmer und lasse mir das heiße Wasser über den Körper laufen. Ich nehme heute extra viel Duschbad, um *meinen Fehltritt* nicht mehr riechen zu müssen. Das benutzte Gefühl, das ich Dank ihm habe, geht allerdings nicht weg. Ich versuche es loszuwerden, indem ich meinem Tagebuch „erzähle", was ich heute erlebt habe. Den 100-Euro-Schein lege ich zwischen die Seiten.

Ich weiß, dass es absolut unmännlich ist, ein Tagebuch zu führen, in dem ich mich über mein Gefühlsleben auskotze. Außer mir weiß niemand, dass ich es besitze. Ich verstecke es in meiner Schreibtischschublade unter den Schulsachen. Da ich keine Geschwister habe und ich meinen Eltern nicht zutraue, dass sie meine Sachen durchwühlen, finde ich den Ort geheim genug, um meine innigsten Gedanken aufzubewahren. Wahrscheinlich würden eh die meisten glauben, dass in der heutigen Zeit nur noch digitale Tagebücher existieren, die in einer Datei auf dem PC versteckt liegen und nicht haptisch in einer Schublade.

Jedoch komme ich mit dem Schreiben nicht weit. Es klopft an meiner Tür. Mama möchte mit mir sprechen. Ich vergrabe das Tagebuch in der Schublade und bitte sie herein. Mama setzt sich auf mein Bett und weist mir den Platz neben sich zu. Sie wirkt ernst. Mir wird gleich ganz schlecht.

‚Ob sie weiß, dass ich die Schule geschwänzt und in Leipzig war?', geht es mir sofort durch den Kopf.

„Mio, sagst du mir bitte, warum du heute so spät nach Hause gekommen bist?"

„D-Die Schule ging länger", antworte ich unbeholfen. So clever, mir eine Ausrede zurechtzulegen, war ich nicht. Das hatte ich eigentlich auf der Rückfahrt vor, aber das unheimliche Erlebnis hat mir einen Strich durch die Rechnung gemacht.

„Du bist kurz vor sieben zu Hause gewesen", sagt Mama. „Dein Förderunterricht ging bis fünf."

„I-Ich war noch beim Training. Wir haben- …"

Sie unterbricht mich verärgert.

„Emilio, hör auf, mich anzulügen! Du darfst mit deinem Fuß noch nicht spielen und ich weiß, weil ich in der Schule aus Sorge angerufen habe, dass du heute nicht zum Unterricht erschienen bist! Ich will wissen, was du die ganze Zeit getrieben hast!"

Mir bleibt die Spucke im Hals stecken. Ertappt sehe ich Mama an. Sie hat Tränen in den Augen, weil mein Verhalten sie wahrscheinlich so sehr verletzt. Das ist die Höchststrafe. Ich hasse es, wenn ich Mama zum Weinen bringe. Mein schlechtes Gewissen erreicht ein neues Level.

„Wo bist du gewesen?", wiederholt Mama mit zitternder Stimme.

Mein Blick weicht ihrem schuldbewusst aus.

„Ich habe mich mit jemandem getroffen", flüstere ich.

„Mit wem?"

Ich schweige.

Mama will etwas sagen, doch in dem Moment fängt mein Handy auf dem Nachttisch an zu vibrieren. Sie schnappt es sich, bevor ich Neles Anruf wegdrücken kann. Mama nimmt den Anruf für mich an.

„Emilio hat jetzt keine Zeit", sagt sie wütend.

„*Wer ist denn da?*", höre ich Neles Stimme an mein Ohr dringen. „*Ich würde gern Mio sprechen.*"

„Er kann jetzt nicht."

Mama drückt Neles Anruf weg. Sie legt mein Handy beiseite und sieht mich ernst an.

„Wer ist das Mädchen, Mio?"

„Nele", antworte ich kleinlaut und schlucke meine Empörung hinunter, weil Mama sich wie selbstverständlich eingemischt hat.

„Welche Nele?"

„Sie geht mit mir in den Förderunterricht."

„Dann wollte sie dich wohl gerade auch fragen, warum du heute nicht in der Schule gewesen bist!"

„N-Nein, sie … sie war heute auch nicht dort."

Mir wird ganz heiß. Das ist die nächste Lüge, die ich Mama auftische.

„Habt ihr zusammen die Schule geschwänzt?"

„J-Ja."

„Ist dieses Mädchen deine Freundin?"

Ich will erst nicht antworten, aber Mama beharrt darauf. Resigniert werfe ich mein Gewissen über Bord und bestätige ihre Annahme.

„Wieso hast du uns nicht gesagt, dass du eine Freundin hast?"

„Weil Nele und ich uns gestritten haben."

„Dann war das wohl gerade der ersehnte Versöhnungsanruf?"

„Ich weiß nicht."

Mama schüttelt den Kopf. Es herrscht kurz Schweigen, bis sie seufzt und ihre Mimik aufklart. Ihre Wut scheint wie weggefegt. Ich erwische mich dabei, mich auch gleich besser zu fühlen. Mein Gewissen rügt mich sofort dafür.

„Mio, es ist nicht in Ordnung, dass du die Schule schwänzt. Ich verlange, dass das nie wieder vorkommt!"

„Wirst du es Papa sagen?", frage ich ängstlich.

Mama schüttelt zu meiner Erleichterung den Kopf.

„Es gibt Dinge, die muss er nicht wissen. Ich hoffe es reicht, wenn *ich* dir sage, dass so etwas nie wieder passiert."

„Ja."

Mama gibt mir mein Handy.

„Ruf das Mädchen an, damit ihr euch versöhnen könnt. Sag ihr dazu bitte gleich, dass wir sie am Samstag zum Kaffeetrinken einladen. Ich möchte sie kennenlernen."

„A-Aber- …"

„Kein *Aber*."

Mama steht auf, haucht mir einen Kuss auf die Stirn, und verlässt mein Zimmer. Ich bleibe stumm zurück und stiere das Telefon in meiner Hand an. Die Gedanken rattern dabei in meinem Kopf. Mir bricht kalter Schweiß aus, als ich realisiere, in welche Schwierigkeiten ich mich manövriert habe. Erst will ich Mama nachlaufen und alles richtigstellen, doch eine Nachricht von Nele lenkt mich ab.

„War das gerade Nancy?!"

Nervös antworte ich: *„Nein, meine Mama."*

„Verarsch mich nicht! Wieso geht deine Mama an dein Handy?!"

„Weil sie gerade wütend auf mich war."

„Hä? Lag das daran, weil du nicht im Unterricht gewesen bist?"

„Ja."

„Wo warst du? Ich dachte, du bist krank."

„Nein."

„Hast du geschwänzt?"

„Ich habe mich mit jemandem getroffen. Aber das ist niemand wichtiges. Nele, ich will nicht, dass du sauer auf mich bist", schreibe ich mit Herzklopfen.

Sie lässt sich Zeit für ihre Antwort.

„Das hättest du dir überlegen sollen, bevor du mich verarschst", kommt zurück.

„Darf ich dir morgen bitte alles in der Schule erklären?"

„Vielleicht."

„Bitte."

„Vielleicht! Wenn ich dir zuhören will, wirst du es merken."

In dieser Nacht schlafe ich schlecht. Keine Ahnung, ob es der Ekel vor mir selbst oder mein schlechtes Gewissen ist, das mich straft, aber ich habe einen echt unheimlichen Traum. Ich sehe das widerliche Wesen aus dem Zug und höre dazu die gruslige Stimme. Als ich aufwache, bin ich schweißgebadet und mit den Nerven am Ende. Mir laufen die Tränen herunter. Ich bin gewillt, ins Bett meiner Eltern zu kriechen, weil ich mich fürchte. Aber mit vierzehn kommt mir das zu kindisch vor. Die angeschaltete Nachttischlampe muss reichen, um die Schatten zu vertreiben.

Eingeschüchtert beobachte ich die Sterne durch mein Fenster, bis mein Pulsschlag sich wieder normalisiert und die Müdigkeit zurückkehrt. Sie besiegt meine Angst und bringt mich zurück ins Traumland. Der neue Traum ist jedoch auch nicht besser. Ich sehe Zacharias, der auf mir liegt und meinen Mund zuhält, bis sein Bild verschwimmt.

Als es wieder klar wird, ist nicht mehr Zacharias auf mir, sondern mein alter Nachbar von früher, Herr Frieße.

Ich wache auf und schreie. Papa kommt in mein Zimmer. Er trägt seine Uniform, weil er wohl gerade von seiner Schicht zurück ist – oder seine nächste beginnt. Ich weiß nicht, wie spät es ist.

„Emilio, alles in Ordnung? Wieso brüllst du das ganze Haus zusammen?"

„I-Ich hab ihn- …" Mit einem Kopfschütteln unterbreche ich mich selbst, damit ich nicht zu viel sage. Meine Eltern kennen die Geschichte nämlich nicht und dabei soll es bleiben.

„Ich habe schlecht geträumt", antworte ich.

„Kein Grund so zu schreien. Du bist doch kein Mädchen."

Beleidigt nicke ich und lege den Kopf zurück aufs Kissen, aber Papa ist noch nicht zufrieden.

„Mach das Licht aus", fordert er und meint mein Nachtlicht.

„Nein, das bleibt an."

Er rollt mit den Augen, bevor er meine Zimmertür hinter sich zuzieht. Ich höre seine Schritte und zuletzt die Schlafzimmertür ins Schloss fallen. Schnell husche ich hoch und öffne meine Tür einen Spalt. Ich schalte die Deckenlampe ein und verschließe das Fenster, bevor ich zurück ins Bett gehe – darauf bedacht, meine Füße nicht zu lange auf dem Boden zu lassen. Ich bin zwar zu alt, um an Monster unter dem Bett zu glauben, aber nach meinen letzten Erlebnissen möchte ich es nicht drauf ankommen lassen.

Den Rest der Nacht schlafe ich nicht mehr. Ich verbringe drei Stunden wachsam in meinem Bett, bis der Wecker klingelt und ich mich für die Schule fertig machen muss. Mama bereitet mir das Frühstück zu und will mich nach dem Essen zur Schule fahren. Von meiner Schreiattacke der letzten Nacht spricht sie nicht.

„Ich nehme den Bus", sage ich, aber sie bleibt bei ihrem Vorhaben. Mir wird klar, dass sie nur sicherstellen will, dass ich nicht wieder schwänze. Ohne weitere Diskussion gebe ich klein bei. Jedoch verlange ich, dass sie mich eine Straße vor der Schule rauslässt. Ich will nicht das Mamasöhnchen sein, das bis vors Schultor gefahren wird.

Mein Weg führt mich zu Neles Klassenzimmer, noch bevor der Unterricht beginnt. Ich bin mega nervös. Das Zimmer einer fremden Klasse zu betreten, gleicht einer Wanderung über ein Mienenfeld. Alle starren einen an, sodass man sich absolut deplatziert fühlt. Mir geht's gerade nicht anders, aber ich muss mit Nele sprechen. Bevor Mama mich vor der Schule abgesetzt hat, wollte sie wissen, ob sie am Wochenende meine Freundin kennenlernen wird. Ich habe die Antwort offengelassen und Mama machte mir daraufhin unmissverständlich klar, dass es Konsequenzen hat, wenn ich sie belogen haben sollte. Deswegen brauche ich jetzt ganz schnell eine Freundin.

Nele grinst breit, als sie mich in ihrem Revier bemerkt. Tapfer ignoriere ich die neugierigen Blicke der anderen und bitte sie um ein Gespräch. Ein paar Typen pfeifen und lachen dumm. Ich ignoriere auch das, obwohl ich am liebsten beschämt das Weite suchen würde.

„Ich weiß nicht", lässt sie mich zappeln. „Vielleicht dann in der Pause. Du wirst ja sehen, ob ich auf dem Hof bin."

Unter Gelächter verlasse ich das Zimmer und verziehe mich auf die Toiletten. Ich spritze mir kaltes Wasser ins Gesicht, damit die Schamröte verschwindet. Als ich in den Spiegel blicke, um mein Loser-Gesicht zu sehen, trifft mich bald der Schlag. Hinter mir erkenne ich trotz der schlechten Lichtverhältnisse zwei knöcherne Klauen, die sich aus einer schwarzen Nebelwolke erstrecken und kurz davor sind, mich anzufassen. Erschrocken fahre ich herum um einen Fluchtweg zu finden, aber just in dem Moment sind die Klauen verschwunden. Mein Atem geht schnell, als ich zurück zum Spiegel blicke. Mein geschocktes Gesicht starrt sich selbst an.

‚Schon wieder … Bin ich verrückt geworden?', denke ich durcheinander und verlasse auf schnellstem Weg das Schulklo, um mich in meine Klasse zu begeben. Voller Sorgen setze ich mich auf meinen Platz und ignoriere sämtliche Kontaktversuche meiner Mitschüler. Ihre Stimmen dringen gar nicht zu mir durch, weil mich der Gedanke einfach nicht loslässt, dauernd gruslige Monster zu sehen.

KAPITEL 4

Die große Pause kommt schneller als erwartet. Wir haben in Englisch einen Test geschrieben, der den Unterricht rasch vergehen ließ, obwohl ich kaum eine Frage beantworten konnte. Ich bin absolut schlecht in dem Fach – wie in eigentlich allen Fächern, außer Sport. Da ich nicht vorbereitet war und gestern fehlte, rechne ich mit dem Schlimmsten.

‚Das gibt wieder Ärger‘, denke ich deprimiert, aber finde rasch Ablenkung. Nele steht inmitten ihrer Mädelsclique auf dem Pausenhof. Ich nehme all meinen Mut zusammen und gehe zu ihr.

„Darf ich jetzt mit dir reden?", frage ich.

Nele beeilt sich zwar nicht mit ihrer Antwort, aber stimmt letztlich zu. Erleichtert nehme ich ihre Entscheidung an und wir verziehen uns in eine ruhige Ecke. Offenbar habe ich aber noch keine Vergebung verdient, denn Nele beschäftigt sich mit ihrem Handy und würdigt mich keines Blickes, während ich mit ihr rede.

„Es tut mir leid, dass du dachtest, ich würde dich verarschen", beginne ich meine Entschuldigung, die ich mir noch vor dem Englischtest überlegt habe. „Ich nahm an, dass wir nur Freunde sind und habe mir keine Gedanken gemacht, dass ich dich mit meinem Verhalten verunsichern würde."

Neles Miene bleibt regungslos. Sie tippt irgendwas auf ihrem Handy. Ich balle angespannt die Fäuste in den Jackentaschen. So langsam reicht es mir mit ihrem Getue.

Sie hat mich genug für etwas bestraft, was ich nicht mit Absicht gemacht habe.

„Meine Mama hat gefragt, wer du bist, nachdem sie den Anruf beendet hat. Sie wollte wissen, ob du meine Freundin bist. I-Ich habe es nicht abgestritten, woraufhin sie dich morgen zu uns eingeladen hat."

Jetzt sieht mich Nele an.

„Ich soll zu dir nach Hause kommen?"

„Ich würde mich freuen, wenn du die Einladung annimmst.".

„Vielleicht. Vorher will ich erst einen Beweis, dass du es ernst meinst."

„Und welchen?"

„Ich will, dass du mich küsst."

„I-Ich soll dich küssen?" Mir wird ganz heiß. „W-Wo hin denn?"

Sie nimmt ihr Handy in nur eine Hand und tippt mit dem freien Zeigefinger auf ihre Lippen. Ihr Blick haftet prüfend auf meinem Gesicht, während ich stark schlucke.

„O-Okay … N-Nach der Schule?" Ich bin nervös.

„Nein. Sofort."

„A-Auf dem Schulhof?!"

„Ja", erwidert sie und schmult zur Seite. Ich folge unbewusst ihrem Blick und erkenne Thorben und Nancy neben den Fahrradständern, die miteinander rummachen. Mir versetzt das einen Stich, aber es schmerzt nicht mehr so schrecklich wie zu Beginn.

„Küss mich vor allen, damit ich dir glauben kann", wiederholt Nele ihre Forderung.

Ich fühle, wie sich in mir alles zusammenzieht. Ich ekle mich nicht davor, ein Mädchen zu küssen. Ich habe es nur noch nie getan – schon gar nicht vor so vielen Zeugen, die mich gnadenlos ausbuhen werden, wenn Nele mir ein schlechtes Feedback gibt.

„Traust du dich nicht?", fragt sie und verschränkt die Arme vor der Brust. „Ich warte nicht mehr lange."

„D-Das ich nicht so leicht", antworte ich verärgert und gebe mir einen Ruck. Zügig drücke ich ihr meine Lippen auf den Mund und hoffe, dass ich nicht gleich das Gespött der Schule werde.

Nele schweigt danach. Ich sehe sie abwartend an und darf feststellen, dass sich ein leichter roter Hauch auf ihren Wangen abgezeichnet hat.

„Das war viel zu kurz", bemängelt sie zögernd. Auf einmal wirkt sie nicht mehr zickig und arrogant wie eben. Das macht es mir leichter, sie beim zweiten Mal etwas länger zu küssen. Nele nimmt anschließend meine Hand und verlangt, dass ich ihr folgen soll. Wir verziehen uns in die leerstehende Hausmeisterkammer im Erdgeschoss und entledigen uns der dicken Jacken, da es sonst zu warm wird. Nele sieht mich abwartend an. Mir ist klar, dass ich sie wieder küssen soll, was ich auch tue. Dabei taucht Thorben in meinen Gedanken auf. Ich bin nicht abgeneigt und stelle mir vor, er hätte mit Nele den Platz getauscht. Es fühlt sich sehr intensiv an. Wir küssen uns, bis das Vorklingeln uns grausam trennt. Auf dem Rückweg in unsere Klassenzimmer verspricht mir Nele, mich morgen zu Hause zu besuchen. Ich betrachte das mit gemischten Gefühlen. Einerseits bin ich froh, weil Mama damit Ruhe gibt, aber andererseits habe ich ein schlechtes Gewissen, weil ich nicht wegen Nele beim Küssen Bauchkribbeln hatte.

Zurückhaltend berichte ich beim Abendbrot meinen Eltern von Neles Zusage. Papa sieht mich mit großen Augen an, während Mama zufrieden nickt und mich anlächelt.

„Ich freu mich für euch", sagt sie, während Papas Fragezeichen über dem Kopf immer größer werden.

„Erklärt ihr mir bitte, von welcher Nele ihr sprecht? Etwa die vom Fleischer-Jürgen?"

„Ja. Sie ist Emilios Freundin", strahlt Mama und macht mich verlegen.

Papa staunt nicht schlecht.

„Und das erfahre ich einfach so nebenbei?" Er klopft mir stolz auf die Schulter. „Das ist mein Sohn!"

„Sag bitte sowas Peinliches nicht, wenn Nele dabei ist."

Er lacht, bevor er mir gespielt einen Kinnhaken versetzt und der Meinung ist, diese Neuigkeit gebührend feiern zu müssen. Das bedeutet Fußball gucken und an seinem Bier nippen, bevor ich schlafen gehe.

Mein Handy zeigt 2:00 Uhr, als ich wegen eines unheimlichen Scharrens in meinem Zimmer wach werde.

Im ersten Moment glaube ich, mich verhört zu haben. Im Halbschlaf will ich mich einfach umdrehen und weiterschlafen, aber das Scharren wird lauter.

Ich bekomme Gänsehaut. Licht an. Ängstlich sehe ich mich von meinem Bett aus im Zimmer um - nichts zu entdecken.

‚Mann, hör auf damit! Dieses Geisterzeug nervt', denke ich, schalte das Licht aus und lege mich wieder hin.

Krrrrr. Krrrrr. Krrrrr.

Mir läuft ein kalter Schauer über den Rücken. Das Scharren verschwindet nicht. Ich schalte die Nachttischlampe wieder ein. Mein Herz klopft wild, aber es ist nach wie vor nichts zu sehen.

„H-Hallo?", rufe ich zaghaft, doch erhalte wie zu erwarten keine Antwort.

Ich lege mich wieder hin, aber lasse diesmal das Licht an. Es bleibt ruhig. Nachdem sich mein Puls wieder normalisiert hat, schalte ich das Licht aus und will weiterschlafen. Plötzlich kommt das Scharren ganz nah von der Wand, an dem mein Bett steht. Ich öffne die Augen, weil ich nach meiner Lampe Ausschau halte, jedoch sehe ich nicht das LED-Licht, sondern die toten Augen der Skelett-Schattengestalt, die mir im Zug begegnete. Ich schreie wie am Spieß. Mir treten die Tränen in die Augen, als ich mich unter meiner Bettdecke verkrieche und laut winsle, dass es mir nichts tun soll.

‚Es gibt kein Entkommen, Erster Key', dröhnt die Grusel-Stimme wieder in meinem Kopf.

„GEH WEG!!!", brülle ich, höre die Stimme – höre das Scharren und fühle ein Ziehen an meiner Bettdecke.

Endlich kommen meine Eltern. Ich darf heulend feststellen, dass das Monster verschwunden ist.

„Emilio?!", fragt Papa mit scharfem Ton. Er zieht die Decke von meinem Kopf und erschrickt, als er mein panisches Gesicht sieht. Ich zittere am ganzen Leib und kann nicht sprechen.

„Oh Gott, Schatz. Was ist passiert?", fragt Mama und nimmt mich in den Arm. Ich vergrabe mein Gesicht an ihrer Brust und heule wie ein Baby.

Es dauert, bis ich den Schock überwunden habe und meinen Eltern von dem unheimlichen Wesen erzähle. Ich tarne es jedoch als „Albtraum", damit es nicht ganz so verrückt klingt.

„Hast du dir zu viele Horrorfilme angesehen?", fragt Papa nach meiner Erklärung.

„Nein."

Mama streichelt meinen Rücken.

„Wer weiß, was du da alles verarbeitest. Die letzten Wochen waren wegen des Fußballs und der Schule sehr anstrengend. Dazu noch dein verletzter Fuß und deine Freundin – das alles beschäftigt dich auch im Schlaf."

„Miss Oberhexe hat gesprochen", lacht Papa, weil er noch nie an Traumdeutung und Übernatürliches geglaubt hat. Vor dem Zusammentreffen mit diesem unheimlichen Wesen habe ich das auch nicht getan.

Ein Patentrezept gegen gruslige Schattenwesen mit Klauen gibt es jedoch nicht, sodass ich wieder das Licht anlasse und meine Tür einen Spalt offenbleibt, nachdem meine Eltern zurück in ihr Bett gegangen sind. Schlaf finde ich natürlich nicht mehr. Dafür habe ich viel Zeit, um Google über unheimliche Wesen auszuquetschen. Aber auch das Internet hat keine brauchbare Antwort parat, die zu meiner Situation passt.

Über den Vormittag holt mich die Müdigkeit dann doch noch ein und ich mache im Beisein meiner Eltern ein Nickerchen auf der Couch. Der Schlaf bleibt ohne Traum. Wirklich erholt bin ich jedoch nicht. Meine Angst will mir nicht mehr aus dem Kopf. Selbst als Nele am Nachmittag zur verabredeten Zeit vor unserer Tür steht, kann ich mich nicht gänzlich auf sie konzentrieren. Ein Glück, dass meine Eltern sie neugierig löchern. Papa fragt sie über die Fleischerei ihres Vaters aus, weil er während seiner Streife bereits öfter dort zu Mittag gegessen hat. Mama dagegen ist angetan von Neles gutem Modegeschmack. Das sind beides Themen, die mich nicht interessieren.

Meine Gedanken schweifen ab und ich merke erst gar nicht, dass Nele mich fragt, ob wir nach dem Kaffeetrinken auf mein Zimmer gehen.

„Träumst du?", fragt sie und kichert.

„S-Sorry", antworte ich verlegen, bevor ich ihrem Wunsch nachkomme und ihr mein Zimmer zeige. Sie sieht sich interessiert in dem kleinen Raum um. Viel gibt es jedoch nicht zu entdecken. Bett, Schreibtisch und ein paar

Fußballposter an den Türen des Kleiderschrankes, weil Papa mir verbietet, sie an den Tapeten zu befestigen.

„Du bist ja echt krankhaft ordentlich", bemerkt sie, als sie meine nach Farben sortierten Stifte auf dem Schreibtisch bemerkt.

„Ich habe es gern übersichtlich." Höflich biete ich ihr meinen Schreibtischstuhl an, aber Nele lehnt ab. Sie nimmt meine Hand und geht mit mir zum Bett. Ich will erst nicht, weil ich an das schreckliche Monster von letzter Nacht denke, aber das kann ich Nele nicht erzählen. Gehorsam nehme ich neben ihr platz. Bald darauf küssen wir uns. Ich bekomme Bauchkribbeln, als sie mich mit Zunge küsst, obwohl ich gerade nicht an Thorben denke. Das überrascht mich.

„Mio, machen wir ein Selfie? Ich will meinen Account aktualisieren." Mich trifft ihr bettelnder Blick.

„Wenn du magst."

„Supi!" Sie strahlt und gibt mir ihr Handy, weil ich die längeren Arme habe.

Schnell ist das Foto geschossen, aber Nele ist nicht zufrieden. Es dauert eine gefühlte Ewigkeit, bis sie ihr Traumfoto von uns auf der Speicherkarte hat.

„Ich schick es dir, dann können wir beide dasselbe hochladen. Ein Partner-Post!"

Die nächsten Minuten sind wir mit Posten beschäftigt und driften dann zu Tier- und Musikvideos ab. Irgendwann ruft Mama, dass Neles Papa da ist, um sie abzuholen. Wir verabschieden uns mit einem Kuss in meinem Zimmer.

„Sehen wir uns morgen?", fragt Nele.

„Gerne."

„Wollen wir zur Eisdisco? Die hat schon geöffnet."

„Ich kann nicht Schlittschuhlaufen. Und mit dem Fuß geht es sowieso nicht."

„Ach, das hab ich vergessen. Seit du die Krücken los bist, ist das für mich wie verheilt."

„Schön wär's. Aber wer hätte gedacht, dass das länger als vier Wochen braucht."

Wir einigen uns letzten Endes auf eine romantische Liebeskomödie, die wir im Kino ansehen wollen. Anschließend geht Nele nach Hause und ich darf mir beim Abendessen Lobreden meiner Eltern anhören, was für ein tolles und hübsches Mädchen meine Freundin ist. Ich bin ziemlich stolz. Mit Thorben hätte ich diese Ergebnisse nie erzielt.

Doch trotz all des Lobes und des guten Tages bin ich nervös, als ich mich zum Schlafen ins Bett lege. Vorsichtshalber lasse ich das Nachtlicht an und beschäftige mich mit dem Handy. Ich habe viele Reaktionen auf das Selfie bekommen. Die Jungs vom Fußball gratulieren mir. Unter ihnen ist auch Thorben. Ich merke, wie ich aufgeregt werde, als ich seine Nachricht lese.

„Hat es also endlich geklappt. Gratuliere! Da können uns Nancy und Nele zusammen anfeuern, wenn wir das nächste Spiel haben und es deinem Fuß wieder besser geht."

Seine Worte lösen in mir die Erinnerung unseres letzten gemeinsamen Spieles aus, das wegen des starken Regens vorzeitig beendet wurde.

Wir feierten unseren Sieg in der Umkleide. Thorben stand direkt neben mir, als er sein durchnässtes Trikot auszog. Ich habe mir verstohlen seinen Körper angesehen und mir gewünscht, ihn berühren zu können. Auch jetzt kribbelt es in mir, wenn ich an seine flache Brust und den trainierten Oberkörper denke. Im Gegensatz zu mir mag Thorben Krafttraining.

Ehe ich mich versehe, bekomme ich eine Erektion bei dem Gedanken an Thorbens nackten und verschwitzten Körper. Es ist nicht das erste Mal, dass er mich dermaßen erregt. Die Hoffnung, dass die frische Beziehung mit Nele daran etwas ändert, war wohl vergebens. Ich seufze und schreibe ihm zurück, dass ich mich auf unser nächstes Spiel freue. Das Handy soll danach eigentlich auf den Nachttisch, aber seine Sprachnachricht hält mich davon ab.

„Wie lange braucht dein Fuß noch? Ich vermisse unsere gemeinsamen Manöver. Kevin hat es nicht so drauf wie du. Das macht keinen Spaß."

Mir bleibt der Atem weg.

‚Er vermisst mich?' Mein Herz klopft wie wild und ein glückliches Lächeln zeichnet sich auf meinen Lippen ab. Eilig antworte ich, damit er nicht zu lange warten muss.

„Wahrscheinlich noch eine Woche, dann sollte alles wieder beim Alten sein. Ich kann es auch kaum erwarten."

„Cool, ich freu mich! Wir haben in zwei Wochen wieder ein Spiel, hat der Trainer erzählt. Eine Woche ist da recht kurz … Kannst du deinen Fuß vielleicht jetzt schon wieder etwas belasten? Ich habe mir eine coole Taktik ausgedacht, die ich mit dir üben will. Aber nur, wenn das gesundheitlich nicht bedenklich ist."

‚Der kann von mir aus abfallen!' Ich will zustimmen, doch dann kommt mir Nele in den Sinn. Besorgt halte ich inne. ‚Was mache ich hier? Thorben hat Nancy. Ich verrenne mich in etwas.'

Es kommt noch eine Nachricht seinerseits: *„Ich will dich nicht hetzen, Mio. Wenn du noch nicht wieder fit bist, müssen wir eben in der letzten Woche vor dem Spiel richtig ranklotzen."*

„Wann gedenkst du denn zu trainieren? Soll ich am Montag oder am Mittwoch zum Training kommen?", frage ich, weil mein Bauch im Gegensatz zu meinem Kopf Thorbens Vorschlag nicht ablehnen will.

„Vielleicht morgen? Nancy hat was vor, sodass ich keinen Ärger bekomme, wenn ich meine Freizeit nicht mit ihr verbringe."

Mein Herz springt bald aus meiner Brust.

‚Ich könnte ihn schon morgen treffen. Wir wären zum ersten Mal allein', denke ich aufgeregt. ‚Aber morgen bin ich bereits mit Nele verabredet. Was mache ich denn? Wir wollten ins Kino …'

Ich weiß, dass ich Thorbens Angebot ausschlagen muss. Nele hat mich zuerst gefragt. Außerdem sind wir zusammen. Meine Eltern mögen sie und ich bin auch gern in ihrer Nähe. Sie ist witzig und hübsch – aber sie ist nicht Thorben.

KAPITEL 5

Ich bin ein schrecklicher Mensch. Noch nicht mal 24 Stunden zusammen und schon belüge ich Nele. Ich habe ihr gesagt, dass meine Eltern einen gemeinsamen Familiensonntag geplant haben und ich den Termin bei unserem gestrigen Gespräch vergessen hätte.

Nele ist enttäuscht. Sie schürt meine Schuldgefühle, aber ich bleibe bei meinem Vorhaben: Ich treffe Thorben in der Turnhalle unserer Schule. Er hat den Schlüssel vom Trainer bekommen. Ich bin wahnsinnig aufgeregt.

„Hey. Schön, dass du da bist", begrüßt er mich.

„Das lass ich mir nicht entgehen. Ich bin gespannt, was du dir ausgedacht hast."

Er lacht und wir beginnen mit dem Training, nachdem wir uns umgezogen haben. Es ist cool die ganze Halle für sich allein zu haben. Ich genieße jede Sekunde mit Thorben. Leider macht mein Fuß nach den ersten Runden schon schlapp. Das ist wohl die Strafe, weil ich Nele belogen habe.

„Wir übertreiben es besser nicht. Du darfst nicht noch länger ausfallen."

„Du hast Recht. Aber wenigstens weiß ich, wo wir nächste Woche weitermachen können. Deine Idee ist echt klasse. Wir werden ein Tor nach dem anderen holen."

„Das will ich hoffen!"

Wir räumen auf und gehen in die Umkleide. Ich habe mich mit Absicht etwas entfernt von Thorben ausgezogen, um nicht wieder durch seinen Anblick erregt zu werden. Zu meiner Überraschung hat er jedoch nicht vor, direkt nach dem Training zu gehen. Wie von Zauberhand holt er zwei Bierflaschen aus seiner Tasche.

„Willst du?", fragt er.

Ich habe keine Lust auf das bittere Zeug, aber Thorbens Einladung würde ich niemals ablehnen. Wir setzen uns auf die Bank und lehnen mit dem Rücken an den Spinden. Thorben öffnet die Bierflaschen gekonnt mit seinem Handy.

„Hast du keine Angst, dass dir das Display bricht?", frage ich und nehme die Flasche entgegen.

„Ich mache das ja nicht zum ersten Mal", lacht er und stößt mit mir an. „Auf den Sieg beim nächsten Spiel!"

„Auf den Sieg!"

Mir reicht ein kleiner Schluck um zu wissen, dass ich Bier wirklich absolut nicht ab kann. Thorben dagegen leert fast die halbe Flasche in einem Zug. Fasziniert beobachte ich seinen Kehlkopf beim Schlucken. Im Vergleich zu mir sieht Thorben viel männlicher aus. Vielleicht liegt das daran, weil er schon sechzehn ist.

Nach dem Trinken fängt er ein Gespräch an. Ich höre gebannt seiner Stimme zu. Die Zeit scheint für mich still zu stehen. Ich denke weder an Nele noch an das Gruselmonster, das mich zum Glück letzte Nacht nicht erneut heimgesucht hat.

„Du trinkst ja gar nichts", stellt er fest und reißt mich aus den Gedanken.

„Oh – sorry."

„Du magst wohl kein Bier?"

„Naja, das ist bitter…"

„Dann gib es mir", sagt er und stellt seine leere Flasche beiseite. Ich reiche ihm meine. Er nimmt einen Schluck und rülpst danach.

„Sorry."

Ich winke ab.

„Nancy hätte jetzt schon wieder gemeckert." Thorben lacht und äfft ihre Stimme nach. Ich muss auch lachen, woraufhin Thorben noch weitere Zitate von ihr bringt. Aber irgendwann hört er auf und wird plötzlich ernst.

„Manchmal nervt die mich einfach nur", gibt er zu. „Sie steht nicht auf Fußball und regt sich auf, wenn ich in meiner Freizeit lieber zum Training gehe, als mich mit ihr zu treffen. Aber ich finde das ewige Gekuschel langweilig. Geht's dir mit Nele auch so?"

„Wir sind ja grad mal paar Stunden zusammen. Eure Beziehung ist doch auch noch ganz frisch, oder?"

„Nee. Seit drei Monaten sind wir zusammen. War aber geheim."

„Achso." – ‚Die blöde Kuh! Ich wünschte, ich wäre sie.'

Thorben rückt näher an mich heran. Mir wird ganz anders. Hoffentlich sieht er nicht, dass mich die geringe Distanz zwischen uns wahnsinnig macht.

„Das Nächste erzähl ich dir im Vertrauen, Mio. Also behalt's für dich, klar?"

Seine dunkelbraunen Augen fixieren mich. Es gefällt mir, wenn er seine Brille nicht trägt. Da kann ich seine Augen ohne störende Gläser bewundern.

„Ich habe Nancy gebeten, mir wenigstens einen zu blasen, wenn ich sie schon nicht flachlegen darf. Weißt du, was sie geantwortet hat? Dass es ihr zu eklig sei. Kannst du das fassen?"

Ich schlucke und schüttle den Kopf. Schon der Gedanke, Thorbens Gesicht voller Wolllust zu sehen, treibt mich in den Wahnsinn.

„Echt", knurrt er genervt und lehnt sich zurück. „Manchmal wäre ich lieber schwul. Mädels in dem Alter sind so langweilig. Ich wette, ein warmer Bruder hätte kein Problem mir diesen Gefallen zu tun."

Ich traue meinen Ohren kaum.

„D-Du würdest es mit einem Jungen machen?"

„Ich würde mich nicht ficken lassen oder so. Wenn, dann bin ich der Mann. Und letzten Endes ist es doch egal, ob es der Mund von einem Mädel oder einem Kerl ist. Wenn ich die Augen zu mache, merke ich den Unterschied doch gar nicht."

Thorben trinkt, während ich unfähig bin, seine Worte zu begreifen. Ich bin perplex, welche intimen Gespräche wir plötzlich miteinander führen. So etwas gab es noch nie. Habe ich vielleicht doch eine Chance? Aber was, wenn das nur ein dummer Scherz ist? Ich könnte ihm doch nie wieder unter die Augen treten, wenn ich ihm sagen würde, dass meine Antwort anders als Nancys ausfallen würde.

Thorben hat jetzt die zweite Flasche leer. Irgendwie wirkt es, als würde er sich Mut ansaufen.

„Versteh mich nicht falsch, Mio. Ich bin nicht schwul. Ich kann mir auch nicht vorstellen, mich in einen Kerl zu verlieben. Ich will einfach nur mal die Erfahrung machen, wie es ist, einen Blowjob zu bekommen. Und irgendwie denke ich, dass dir das nichts ausmachen würde. Stimmt doch, oder?"

Wenn mein Mund noch weiter aufsteht, wäre jede Schlange neidisch. Ich fühle mich ertappt. Fassungslos starre ich Thorben an und will alles leugnen – so tun, als hätte ich seinen Scherz verstanden – aber sein Gesicht verrät mir, dass er mich gerade nicht verarscht. Mir wird kotzübel. Es fühlt sich an, als würde ich nackt auf dem Schulhof stehen und alle lachen mich aus.

Aber Thorben lacht nicht. Er macht nicht den Eindruck, mich aufziehen zu wollen. Vielmehr wirkt er angetan von der Vorstellung, intim mit mir zu werden. Schon allein bei dem Gedanken glühen mir die Ohren.

Ich spüre plötzlich seine Hand an meiner Wange. Er streichelt mich. Erschrocken sehe ich in sein Gesicht.

„Mio, das bleibt alles unter uns. Ich hab keinen Bock als Schwuchtel abgestempelt zu werden, nur weil ich ein paar Erfahrungen sammeln will. Du ja sicher auch nicht."

Thorben wartet nicht auf eine Antwort meinerseits. Entschlossen schließt er die Augen und küsst mich. Dieses

Gefühl ist noch schöner, als wenn Weihnachten, Ostern und mein Geburtstag auf einen Tag fallen würden. Ich bin hin und weg. Wie oft ich von diesem Moment geträumt habe, kann ich nicht sagen.

Bereitwillig schiebe ich meine Hand in Thorbens Hose und fasse ihn an. Er wird hart, zeigt aber sonst kaum eine Regung.

„Du weißt, was ich will", sagt er und zieht sich das Shirt aus. Ich gleite beinahe automatisch von der Bank und knie mich vor ihn hin. Thorben öffnet seine Hose, damit ich es ihm mit meinem Mund machen kann. Entspannt lehnt er sich zurück. Ihm entweicht ein leises Stöhnen, das mir eine Gänsehaut verschafft. Gleichzeitig drücken seine Hände meinen Kopf noch näher an seinen Schoß.

Ich habe ihn tief im Hals, als ich plötzlich wieder die gruslige Stimme höre.

‚Gib dich der Sünde hin, Key-Seele! Die Enttäuschung wird dich das Hassen lehren und dich zu einem von meinen Untertanen machen. Bald gehörst du mir.'

Ich bekomme Angst und gehe auf Abstand. Meine Augen suchen die Umkleide nach dem unheimlichen Monster ab, das mich bereits mehrmals heimgesucht hat. Ich kann es nicht entdecken.

„Was hast du?", fragt Thorben.

Ich starre ihn an, während die Stimme in meinem Kopf hämisch lacht und mich in den Wahnsinn treibt.

„Hörst du es?", frage ich und klinge sicher total verrückt.

Thorben verzieht beleidigt das Gesicht.

„Verarschen kann ich mich allein!" Die erotische Stimmung ist ruiniert. Thorben zerrt sich die Hose hoch und schnappt sich seine Sachen. Ich will mich erklären, aber statt mir zuzuhören, stößt er mich weg. Mir ist klar, dass ich es vermasselt habe.

„Wenn du das auch nur einer Menschenseele erzählst, mach ich dich fertig – Fußball hin oder her!"

„Thorben, es tut mir leid! Ich- …!" – Die Stimme in meinem Kopf unterbricht mich. Sie lacht so laut, dass es wehtut. Hilflos halte ich mir die Ohren zu.

‚Du kannst nicht weglaufen! In meinen Besitz zu wechseln, ist dein Schicksal, verfluchte Seele!'

Eine Woche nach dem Vorfall in der Turnhalle ist meine Verletzung verheilt. Mein Arzt erlaubt mir wieder am Training teilzunehmen. Ich bin nervös, als ich Thorben seit dem verpatzten Blowjob erstmalig wieder unter die Augen trete. Ich hoffe mich heute mit ihm aussprechen zu können. Leider zeigt er mir die kalte Schulter. Er meidet mich, was sogar unserem Trainer auffällt.

„Ich dachte, ihr habt die neue Taktik geübt?"

„Die war doof", antwortet Thorben. „Ich hab 'ne neue. Kevin und ich können sie gern zeigen."

„Klar", ruft unser Ersatzangreifer und folgt Thorben aufs Feld. Ich sehe ihnen niedergeschlagen hinterher. Der Tag ist für mich gelaufen. Irgendwie habe ich keine Hoffnung, dass sich das wieder einrenkt.

Nach dem Training kommt unser Trainer in die Umkleide und will mit Thorben und mir allein sprechen. Er stellt uns vor der Halle zur Rede, nachdem die anderen nach Hause gegangen sind.

„Habt ihr euch gestritten?", fragt er direkt.

„Nein", erwidert Thorben. „Ich hatte nur mehr Zeit mit Kevin zum Üben, deswegen will ich am Samstag mit ihm spielen."

„Was sagst du dazu, Emilio?"

„Thorben hat Recht", antworte ich und versuche mir die Enttäuschung nicht anmerken zu lassen.

„Wenn ihr das so entscheidet, werde ich mich anpassen. Sorgt nur dafür, dass sämtliche Differenzen zwischen euch beseitigt sind, wenn wir am Samstag dem Gegner die Stirn bieten wollen."

„Ja", versprechen wir einstimmig und dürfen gehen.

Wir müssen beide zur Haltestelle. Durch das Gespräch mit dem Trainer fährt uns der Bus mit den anderen aus der Mannschaft vor der Nase weg. Wir müssen auf den Nächsten warten – und das bei der Kälte.

Ich stelle mich schlotternd mit Abstand zu Thorben, damit ich ihn nicht bedränge. Insgeheim hoffe ich jedoch, dass er mit mir redet. Ich lasse absichtlich das Handy in der Jackentasche, um nicht zu abgelenkt zu wirken. Aber er zeigt keinerlei Bedarf, die Sache zwischen uns aus der Welt zu räumen. Stattdessen telefoniert er mit Nancy. Er spricht dabei wahrscheinlich extra laut, damit ich kapiere, dass er eine Freundin hat und ich ihm nichts bedeute. Das tut weh. Ich wünschte, ich wäre letzten Sonntag mit Nele ins Kino gegangen, wie ich es ihr versprochen hatte.

‚Die gerechte Strafe für einen Lügner wie mich', denke ich traurig und friere einsam vor mich hin, bis endlich der nächste Bus kommt. Thorben setzt sich ans andere Ende. Noch deutlicher kann er seine Abneigung mir gegenüber nicht mehr zeigen.

Zu Hause wartet Mama mit dem Abendessen. Sie gibt mir einen Kuss auf die Stirn.

„Du bist spät."

„Hab den Bus verpasst."

„Warum hast du nicht angerufen? Es ist doch so kalt heute. Geh am besten gleich heiß baden. Du bist kalt wie ein Eiszapfen!"

Ich diskutiere nicht mit meiner Mama und gehe brav ins Bad, um mir eine Wanne einzulassen. Bis die voll ist, versuche ich nicht an Thorben zu denken. Aber seine Zurückweisung wiegt so schwer, dass ich schon überlege, mit dem Fußball aufzuhören. Wenn er mich jetzt jedes Mal so behandelt und die anderen vielleicht auch anfangen, mich auszugrenzen, kann ich es auch sein lassen.

‚Warum musste ich auch wieder diese verdammte Stimme hören!', denke ich wütend und merke, wie mir die Tränen kommen.

Am Abend chatte ich mit Nele. Ich wollte sie am Samstag zum Spiel mitnehmen, aber da ich auch nach dem Bad keinen Grund finde, mir noch einmal diese Blöße zu geben, biete ich Nele an, den verpassten Kinobesuch am Samstag nachzuholen. Sie ist Feuer und Flamme.

„Ich hatte eh keine Lust, mich bei der Kälte an den Spielfeldrand zu stellen", schreibt sie.

„Im Kino ist es wärmer. Ich lade dich ein. Als Entschuldigung, weil es Letztens nicht geklappt hat."

„Das ist ja lieb! Vielen Dank!"

Kurz nach 22:00 Uhr verlangt Mama, dass ich schlafen gehe. Papa ist bei der Arbeit, weshalb nur sie mir heute gute Nacht sagen kommt.

„Du lächelst endlich wieder", stellt sie fest und beweist mir ein weiteres Mal, dass ihr nie etwas entgeht.

Ich gebe mir einen Ruck.

„Ich würde gern mit dem Fußball aufhören, Mama", sage ich. „Mir wird der Stress zu viel. Während der letzten Wochen habe ich gemerkt, dass ich gar keine Lust mehr darauf habe, immer nur dem blöden Ball hinterherzulaufen."

Mama seufzt. Sie nimmt mich in den Arm.

„Niemand zwingt dich zum Spielen, aber glaubst du nicht, dass du es bereust, wenn du aus dem Verein austrittst? Du liebst doch diesen Sport."

„Aber ich habe gar keine Freizeit mehr. Entweder bin ich in der Schule oder muss trainieren. In den letzten Wochen konnte ich mich viel öfter mit Nele treffen und saß auch nicht immer bis nachts an den Hausaufgaben."

„In Anbetracht der letzten Englischnote ist es vielleicht gar nicht so verkehrt, wenn du dich statt auf den Sport mehr auf die Schule konzentrierst", überlegt Mama und bietet mir an, mit Papa zu reden. Dass er nicht begeistert sein wird, weiß ich. Aber ich will nicht noch einmal Thorbens Zurückweisung ertragen müssen. Da bin ich lieber feige und laufe davon.

In der Nacht träume ich wieder. Diesmal handelt es sich aber um keine Monster oder gruslige Stimmen, die mich heimsuchen, sondern um eine Erinnerung aus meiner Kindheit. Sie wurde wahrscheinlich durch die jüngsten Erlebnisse wieder wachgerüttelt.

Als ich so ungefähr neun Jahre alt war, wohnte neben uns ein alter Mann. Er hieß Frieße und war von der Nordsee zu uns nach Kittlitz gezogen. Er lebte allein im Nachbarhaus und bat mich öfter, ihm bei Arbeiten zu helfen, die er wegen seines kaputten Rückens nicht ausführen konnte. Ich mochte den alten Mann nicht, weil er mich immer so komisch ansah und mich - hinter der Gardine versteckt - beobachtete, wenn ich im Garten Fußball spielte. Ich gruselte mich vor ihm. Aber meine Eltern hätten es mir niemals durchgehen lassen, Herrn Frießes Hilfegesuche abzulehnen.

Auch an diesem Tag sollte ich ihm bei der Hausarbeit helfen. Brav folgte ich ihm in sein Haus und räumte ein paar Dinge für ihn auf. Damit gab er sich aber nicht zufrieden.

„Hilfst du mir noch im Schlafzimmer?", fragte er im Anschluss. Ich verkniff mir ein Nörgeln und willigte ein.

Sein Schlafzimmer lag unter dem Dach. Die Luft war stickig und es roch eklig.

„Bist du so nett und machst das Bett, Emilio? Ich kann mich so schlecht bücken."

Ich ließ mir meine mangelnde Lust nicht anmerken und erledigte den Gefallen. Herr Frieße lächelte dankend. Er kramte danach eine Kamera aus seinem Nachttischschieber und zeigte auf den leeren Bilderrahmen neben dem Bett.

„Darf ich ein Foto von dir machen? Ich würde mich freuen, nach dem Aufstehen in deine blauen Augen zu sehen."

„Okay. Machen Sie ein Foto", antwortete ich schüchtern und dachte mir, dass alte Menschen seltsam sind.

Nach dem Bild wollte ich gehen, aber er ließ mich nicht. Plötzlich schien Herr Frieße keine Rückenschmerzen mehr zu haben, denn er legte sich im Bett auf mich und begrub mich unter seinem Gewicht. Er hielt mir den Mund zu, damit ich nicht schreien konnte und redete wirres Zeug. Ich hatte zu viel Angst, um mir zu merken, was er alles sagte. Das Einzige, an was ich mich erinnere, war: „Wenn du es jemandem sagst, schneide ich dir die Zunge raus." Das hat gereicht, um mich bis heute mundtot zu bekommen.

Ich wache schreiend auf. Mir läuft der Schweiß literweise den Körper hinab, während ich nicht aufhören kann, zu heulen. Nach kurzer Zeit kommt Mama. Sie setzt sich besorgt zu mir und nimmt mich in den Arm. Prüfend legt sie ihre Hand an meine Stirn.

„Du hast Fieber", stellt sie fest.

Ich zittere wie Espenlaub.

Mama seufzt.

„Ich glaube, es ist nicht gut, wenn wir noch weitere Zeit verschwenden. Ich melde dich vom Fußball ab und du konzentrierst dich auf die Schule. Wenn du dich wieder gesammelt hast, kannst du immer noch überlegen, in den Verein zurückzukehren."

Sie nimmt mich in den Arm. Mein Kopf ruht an ihrer Schulter, während ich deutlich die Erschöpfung in mir spüre.

‚Vielleicht hat Mama Recht und die unheimlichen Geschehnisse der letzten Wochen sind auf meinen Stresspegel zurückzuführen. Ich muss daran glauben, dass alles wieder normal wird, wenn ich es ruhiger angehen lasse.' Das rede ich mir ein, obwohl ich tief in mir spüre, dass etwas sehr Böses auf mich aufmerksam geworden ist.

Das Fieber verschwindet nicht, sodass ich am Morgen zum Arzt gehe. Papa fährt mich im Streifenwagen. Ich darf neben ihm sitzen, was ziemlich cool ist. Weniger cool ist die Moralpredigt, die ich mir von ihm anhören darf.

„Auch wenn ich Nele mag, aber du solltest den Fußball wichtiger als irgendein Mädchen nehmen. Du liebst diesen Sport. Außerdem ist es nicht ausgeschlossen, dass irgendwann ein größerer Verein auf dich aufmerksam wird und du mit deinem Talent Geld verdienen kannst", erklärt er und sieht wohl vielmehr seinen als meinen Traum platzen.

„Ich will nicht mehr spielen", behaupte ich.

„Aber das ist Verschwendung! Du bist zu gut, um- …"

Papa unterbricht sich selbst. Er muss bremsen, weil ihm fast jemand ins Auto gelaufen wäre. Erschrocken steigt er aus. Die junge Frau entschuldigt sich bei ihm.

„Ich habe nicht aufgepasst", erklärt sie.

Ich atme tief durch.

‚Das war knapp', huscht es mir durch den Kopf.

Plötzlich sieht die Frau in meine Richtung. Ich traue meinen Augen kaum, als sich ihr Gesicht verzerrt. Ihre Augen werden schwarz. Sie reißt den Mund weit auf und ich höre einen fürchterlichen Schrei in meinem Kopf. Ängstlich presse ich mich in den Autositz und halte mir die Ohren zu. Mir kommen die Tränen, weil ich weiß, dass ich mir das alles schon wieder einbilde. Trotzdem wirkt es wahnsinnig echt.

Als Papa zurück ins Auto steigt und die Frau wieder ihrer Wege gegangen ist, hört das Kreischen in meinem Kopf auf.

„Geht's dir gut?", fragt Papa besorgt, als er meinen Zustand bemerkt.

„J-Ja", lüge ich und halte krampfhaft die weiteren Tränen zurück, damit Papa nicht noch mehr von mir enttäuscht ist.

Wieder zu Hause angekommen, gehe ich duschen und danach ins Bett. Mir tut alles weh. Ich schlafe Dank des Fiebermittels sofort ein und kann bis nachmittags ruhen, ohne von Albträumen oder Monstern geplagt zu werden.

Am frühen Abend kommt mich Nele besuchen. Sie hat Hausaufgaben dabei, die sie sich extra von einer meiner Klassenkameradinnen besorgt hat.

„Das ist ja nett. Vielen Dank."

Sie lächelt und gibt mir die Arbeitsblätter.

„Rein komme ich nicht. Ich will mich nicht anstecken", erklärt sie und haucht mir einen Kuss zu. „Meld dich, wenn's dir wieder besser geht, okay?"

„Mach ich."

„Etwas muss ich dir aber noch sagen. Ich habe heute auf dem Schulhof gehört, wie Thorben vor den Jungs aus eurer Mannschaft über dich gelästert hat. Er sagte, deine Blicke würden ihn in der Umkleide immer halb ausziehen, weil du auf ihn stehen würdest. Ich habe Thorben die Meinung gegeigt. So ein Idiot."

Mir bleibt fast das Herz stehen.

„Keine Sorge", sagt Nele. „Ich habe das geklärt und gesagt, dass wir zusammen sind. Ich will nur, dass du weißt, was für ein Arsch Thorben ist. Wahrscheinlich steht er selbst auf dich und ist eifersüchtig. Nach meiner Ansage hat er jedenfalls nichts mehr gesagt und ist gegangen."

„D-Danke, dass du zu mir gehalten hast.".

Nele winkt ab und zwinkert mir zu.

„Als ob du schwul bist. So ein Quatsch. Wir sind doch zusammen. Beim nächsten Training solltest du Thorben zeigen, wer der Boss ist."

„Es gibt kein nächstes Training. Ich habe vor, mit dem Fußball aufzuhören."

Nele ist überrascht.

„Wirklich? Dann haben wir ja mehr Zeit für uns!"

„Ja."

Überglücklich fällt sie mir um den Hals. Ich lasse vor Schreck die Arbeitsblätter fallen. Sie landen vor der Tür auf dem feuchten Boden.

„Du bist so wunderbar!", jubelt Nele.

„Halt lieber Abstand, sonst steck ich dich an."

„Oh, stimmt. Aber ich freu mich so! Du bist der beste Freund, den ich mir wünschen kann! Wenn du wieder fit bist, müssen wir das unbedingt feiern."

„Können wir machen."

Nele verabschiedet sich und ich gehe zurück ins Bett. Die fallengelassenen Arbeitsblätter lege ich vorher auf die Heizung, damit sie trocknen. Unter der warmen Decke überlege ich, warum Thorben so gemein zu mir ist. Nach schier endloser Grübelei entscheide ich mich, ihm eine Nachricht zu schicken.

„Ich habe kein Wort darüber verloren. Bitte hör auf, Gerüchte zu verbreiten."

Ich seufze, nachdem ich meine Worte abgeschickt habe. Es verletzt mich, dass Thorben so fies ist. Ich hätte nie auf sein Angebot eingehen dürfen und die Grenze zwischen Freundschaft und Liebe wahren müssen. Wenn er Nele erzählt, dass wir uns neulich getroffen haben, wird sie wissen, dass ich sie mit dem angeblichen Familienausflug belogen habe. Dann verliere ich sie.

‚Was habe ich nur gemacht...' Ich bin verzweifelt.

Mein Handy vibriert. Ich sehe auf das Display und entdecke eine neue Nachricht. Ich lese mir Thorbens Antwort durch. Sie stimmt nicht nicht glücklich.

„Du hast ausgenutzt, dass ich betrunken war und hast dich an mich rangemacht! Schwuchtel! Komm mir bloß nie wieder zu nah!"

KAPITEL 7

Die letzte Woche vor den Weihnachtsferien hat begonnen. Meine Erkältung ist weg und ich habe mich bei Nele mit einem romantischen Date auf dem Weihnachtsmarkt dafür bedankt, dass sie zu mir gehalten hat und den Gerüchten nicht glaubt, die Thorben verbreitet. Aus dem Verein trete ich im Januar aus, aber ich gehe bereits jetzt nicht mehr zum Training. Trotzdem bat mich ein Kerl von der Schülerzeitung, ihm ein Interview zu geben. Ich wollte ablehnen, aber Nele ist Feuer und Flamme. Sie sagt, das sei die Gelegenheit, der ganzen Schule mitzuteilen, dass an den Gerüchten nichts dran ist. Die Idee klingt plausibel, weshalb ich dem Interview zugestimmt habe.

Heute bin ich nach dem Unterricht mit Silas von der Schülerzeitung verabredet. Er ist in Thorbens Klasse, mir aber vorher noch nie aufgefallen, obwohl seine schulterlangen weißblonden Haare aus der Masse hervorstechen. Dazu seine dunkelbraunen Augen und die stattliche Größe – ich kann nicht leugnen, dass ich Silas attraktiv finde. Das macht es umso schwerer, ihm im Interview glaubhaft rüberzubringen, dass ich nicht auf Jungs stehe.

Ich versuche es trotzdem und begleite ihn in das Café beim Supermarkt. Er lädt mich auf eine Heiße Schokolade ein – mein Lieblingsgetränk an kalten Tagen.

Genüsslich schlürfe ich und genieße den süßen Kakaogeschmack auf der Zunge, während Silas sich noch einmal offiziell vorstellt.

„Mein Name ist Silas Schwarz. Ich bin fünfzehn und arbeite bei der Schülerzeitung. Mir ist deine Leidenschaft auf dem Spielfeld aufgefallen, weshalb ich gern einen Beitrag über dich und deine Mannschaft im neuen Jahr veröffentlichen möchte."

„Okay, aber ich trete im Januar aus dem Verein aus", antworte ich schüchtern.

Silas fällt alles aus dem Gesicht. Energisch springt er auf und haut die Hände auf den Tisch, weshalb die anderen Café-Gäste genervt rübersehen.

„Das kann nicht wahr sein!", ruft er.

„Kannst du ein bisschen leiser sein?" Beschämt halte ich den Blick gesenkt, bis Silas sich wieder auf seinen Stuhl setzt.

„Warum hörst du auf?", fragt er.

„Ich habe zu wenig Zeit für die Schule, weshalb ich erstmal eine Pause mit dem Fußball mache."

„Wie schade."

„Entschuldige. Ich hätte es dir vorher sagen sollen. Wenn du willst, kann ich meine Rechnung selbst bezahlen."

„Ach, Unsinn! Ich will dich trotzdem interviewen", erklärt er und legt sein Handy auf den Tisch. Ich beobachte ihn verwirrt, als seine langen Finger es zu mir schieben und die Galerie öffnen.

„Wisch durch den Ordner", fordert er.

Zögernd komme ich seiner Ansage nach und entdecke unzählige Aufnahmen von mir, während ich gespielt habe. Auf fast jedem Bild ist auch Thorben zu sehen und die letzten Aufnahmen zeigen ihn gemeinsam mit Kevin. Meine Laune sinkt in den Keller.

„Eure Mannschaft war noch nie so schlecht wie im letzten Spiel. Warum habt ihr den Ersatzmann aufs Feld gelassen? Lag das an der Verletzung deines Fußes oder war zu dem Zeitpunkt schon klar, dass du aussteigst?"

Ich schlucke den bitteren Beigeschmack hinunter damit Silas nicht merkt, wie ich mich wegen der Aufnahmen fühle.

„Du bist gut informiert", antworte ich. „Kevin hatte keine Ausfallzeit wie ich, deshalb hat er gespielt."

Silas zieht eine Augenbraue hoch und wechselt den Bildordner in der App. Auf einmal entdecke ich Thorben und mich, wie wir an dem Sonntag zusammen in die Turnhalle gingen und das Übel seinen Lauf nahm. Ich muss meine ganze Selbstbeherrschung aufbringen, um nicht durchzudrehen, weil Silas uns beobachtet hat.

„Ihr habt an dem Wochenende vor dem Spiel gemeinsam trainiert. Ich war zufällig in der Nähe."

„Bist du ein Spanner oder so?" Meine Frage bringt ihn zum Lachen.

„Meine Leidenschaft ist es, Reporter zu sein. Ich bin ein neugieriger Mensch, der gern fotografiert."

„Aha ..." - Ein mulmiges Gefühl breitet sich in meiner Magengegend aus. ‚Wenn er das veröffentlicht, bin ich geliefert.'

„Ich habe dich die Bilder nicht sehen lassen, weil ich dich beunruhigen will. Ich wollte dir nur beweisen, dass ich es ernst meine und professionelle Arbeit leiste."

„Ist angekommen." Ich bin nervös. Silas stört das nicht. Er sieht motiviert aus.

„Super, dann fangen wir jetzt richtig an." Er holt ein Diktiergerät aus der anderen Jackentasche.

„Dafür nimmst du nicht dein Handy?", frage ich.

„Nein, das gehört meinem Großvater. Er benutzt es nicht mehr und ich finde, es hat so mehr Stil."

„War dein Opa auch Reporter?"

„Nein, er war nur neugierig", lacht Silas, bevor er die Aufnahme startet.

Ich schwitze. Am liebsten würde ich ihm direkt sagen, dass er das geheime Training vom Sonntag nicht in seinem Bericht erwähnen darf, aber das würde mich verdächtig machen.

„Ein paar leichte Fragen zum Einstieg", legt er fest und beginnt. Ich beantworte alle und erzähle an den passenden Stellen von Nele. Mit der Zeit verliere ich ein wenig meiner Nervosität, denn Silas erwähnt mit keinem Wort das Geheimtraining. Ich will schon aufatmen, aber dann stellt er die vermeintliche Frage doch noch zum Schluss.

„Was habt ihr zu zweit in der Turnhalle gemacht, wenn bereits klar war, dass du an dem Spiel nicht teilnehmen wirst?"

Mein Herz pocht. Ich schlucke schwer und weiche kurz Silas' Blick aus, bevor ich antworte.

„Wir wollten sehen, ob ich das verpasste Training aufholen kann und spielten zusammen. Der Trainer wusste Bescheid, aber die anderen nicht. Ich würde dich bitten, das nicht zu erwähnen, damit es keinen Ärger gibt und sich niemand übergangen fühlt."

„Kein Ding." Er beendet die Aufnahme.

„War es das?", frage ich vorsichtig und kann mein Glück kaum fassen, bis er den Kopf schüttelt. Schnell verschwindet das Diktiergerät wieder in der Jackentasche.

„Ich habe bereits ein Interview mit Thorben geführt, muss ich dir gestehen. Im Gegensatz zu dir ist er kein Gentleman gewesen."

Mein Schock sitzt tief. Ich merke, wie mein Körper zittert. Ich fühle mich verraten und verkauft.

„Wirst du das schreiben?", frage ich ängstlich.

Silas schüttelt zu meiner Beruhigung den Kopf.

„Ich denke nicht dran. Ich habe beobachtet, was zwischen euch war. Offensichtlich hat Thorben ein Problem mit seiner sexuellen Neigung und benutzt dich, um von sich abzulenken. So etwas unterstütze ich nicht."

„Du hast uns in der Umkleide gesehen?!"

„Reg dich nicht auf, Mio. Ich bin auch schwul. Es stört mich nicht, so etwas zu beobachten. Um ehrlich zu sein, war ich sogar neidisch."

„Du bist auch … ?"

Silas nickt und legt seine Hand auf meine.

„Ist Nele deine Alibi-Freundin?", will er wissen.

„Nein, wir sind richtig zusammen."

„Also bist du bi?"

„J-Ja, scheinbar."

„Ich stehe nur auf Männer. Und weil ich das tue, weiß ich, wie du dich fühlst. Was Thorben abzieht ist abartig. Er sollte sich seiner selbst bewusst werden."

„Es weiß niemand, dass ich auf beides stehe. Bitte verrate das niemandem und schreibe nur von Nele in dem Artikel, damit die Gerüchte im Keim erstickt werden. Bitte!"

„Keine Sorge. Ich hatte nichts anderes vor", verspricht er aufrichtig.

Ich wage mich etwas zu entspannen und unterhalte mich weiter. Es fühlt sich gut an, jemanden in direkter Nähe zu haben, der mich versteht. Hätte ich das eher gewusst, wäre mir die entwürdigende Erfahrung mit Zacharias erspart geblieben.

‚Da fällt mir ein, die 100 Euro liegen immer noch im Tagebuch…'

Zum Abschluss machen Silas und ich noch ein gemeinsames Foto. Er legt dabei seinen Arm um mich. Ich muss lachen, weil mich die Pose an Neles Motivwünsche erinnert, denen ich in letzter Zeit sehr oft nachgekommen bin. Sie steht extrem auf Selfies.

„Habe ich einen Witz verpasst?", fragt Silas.

„Nee, ich musste nur an etwas Komisches denken, weil du deinen Arm um mich gelegt hast. Ist nicht weiter wichtig."

„Darf ich nicht?"

„Doch, doch. Ist ein Insider", sage ich und lächle brav in die Kamera, damit er seine Arbeit abschließen kann. Danach verabschieden wir uns und ich bedanke mich für die Heiße Schokolade und seinen Zuspruch. Mir geht es wesentlich besser und ich habe keine Angst, dass Silas mich wie Thorben verrät. Er scheint ein von Grund auf ehrlicher Mensch zu sein.

„Ich lade dich gern auch ohne Interview ein. Es macht Spaß, sich mit dir zu unterhalten", meint er und erhält meinen Zuspruch.

„Gern. Mir hat es auch gefallen."

„Tauschen wir Nummern?"

„Klar."

Als ich mein Handy nehme, um seinen Kontakt hinzuzufügen, erwarten mich diverse Nachrichten und verpasste Anrufe von Nele. Sie möchte wissen, wie es gelaufen ist. Glücklich berichte ich ihr von der Unterhaltung, als ich wieder allein an der Bushaltestelle stehe und darf feststellen, dass ich mich seit langer Zeit endlich mal wieder beruhigt und ausgeglichen fühle.

Silas hält sein Wort. Der Bericht, den er im Januar in der Schülerzeitung veröffentlicht, stellt mich als heterosexuellen Ex-Spieler unseres Fussballvereins dar. Thorbens Beitrag beschränkt sich auf die Einschätzung des letzten Spiels im Dezember. Um mir noch einen Gefallen zu tun, hat Silas ein Pärchenbild von Nele und mir neben die Fotos vom Dezemberspiel und unser gemeinsames vom Interview gepackt.

Nele ist überglücklich, als sie die Zeitung zum x-ten Mal liest, während wir ein paar Tage später mit dem Bus zu ihr nach Hause fahren. Sie hat mich zur Feier des Tages eingeladen, weil sie sturmfrei hat. Bei mir zu Hause ist es immer ungünstig, weil Mama ständig stört. Sie ist einfach zu neugierig.

„Wir sehen so toll zusammen aus", strahlt Nele wegen des Fotos. „Ein Glück, dass Silas geschnallt hat, wie bescheuert Thorben ist. Ich hoffe, Nancy verlässt ihn. Das hätte er verdient!"

„Sei nicht so fies. Lass uns einfach nicht mehr über ihn sprechen. Ich kann das Thema nicht mehr hören."

„Okay, du hast Recht. Konzentrieren wir uns auf den gemeinsamen Nachmittag!"

Nele wohnt mit ihren Eltern und ihrer kleinen Schwester in einer Doppelhaushälfte. Sie haben einen Hund, der laut bellt, als wir das Grundstück betreten. Er kommt schwanzwedelnd angelaufen und schnüffelt an uns. Zurückhaltend streichle ich ihn.

„Bruce, ganz ruhig", sagt Nele und zwinkert ihm zu. „Mio darf mit reinkommen."

Er leckt mir einmal über die Hand und geht seiner Wege.

Nele kichert.

„Bruce mag dich."

„Ein Glück. So groß wie der ist, wäre ich mit einem Haps verschwunden."

Im Haus treffen wir auf Neles Schwester. Sie ist im Grundschulalter und spielt mit ein paar anderen Kindern im Wohnzimmer auf der Konsole. Es gibt eine kurze Begrüßung, aber mehr Konversation findet nicht statt. Umso besser, denn ich bin neugierig, wie Neles Zimmer in echt aussieht. Ich kenne es nur aus unseren Videochats.

Sie führt mich ins Obergeschoss und öffnet ihre Zimmertür, auf der von außen ein Schild vor einem „Teenager in der Pubertät" warnt. Grinsend folge ich ihr hinein. Mir fällt gleich auf, dass Nele ziemlich unordentlich ist und es keine Struktur zwischen ihren unzähligen Sachen gibt, die überall verstreut liegen. Allgemein ist Neles Zimmer wahnsinnig bunt. Neben der pinken Glitzertapete hinter ihrem Bett, haben die Wände noch drei weitere Farben. Epileptiker sollten sie vielleicht nicht besuchen.

„Was sagst du?", fragt sie und strahlt mich an. „Ich habe extra für dich aufgeräumt, weil ich weiß, dass du ein kleiner Ordnungsfreak bist."

‚Aufgeräumt nennt sie das also …' - „Du liebst es sehr bunt."

Sie lacht.

„Überrascht dich das?"

„Eigentlich nicht."

Sie kichert und zeigt mir, wo ich meinen Rucksack abstellen kann, bevor wir es uns auf ihrem Bett gemütlich machen und uns küssen.

Nach der Sache mit Thorben fühlen sich die Küsse mit Nele besser an. Bei ihr bin ich mir sicher, dass sie mich nicht ausnutzt, sondern wirklich mag. Deswegen hat sie mich wohl auch neulich gefragt, ob wir den nächsten Schritt gehen wollen. Ich bin froh, dass sie das heikle Thema im Chat begonnen hat. Hätte ich ihr in dem Moment gegenüber gestanden, hätte sie mein entsetzter Gesichtsausdruck bestimmt beleidigt. Ich kann mir nicht vorstellen, mit ihr zu schlafen. Irgendwie ist und bleibt sie für mich nur eine gute Freundin, mit der ich bisschen rumknutsche.

Nele weiß nichts von meinen wahren Gefühlen. Ich habe gelogen und ihr gesagt, dass sie entscheiden soll, wann der richtige Moment gekommen ist. Mit der Antwort habe ich sie weder gekränkt, noch mich verraten. Dass ich mich damit in eine absolut beschissene Lage gebracht habe, wird mir klar, als ich ihre Hände beim

Küssen plötzlich an meiner Hose spüre. Automatisch halte ich sie fest. Unsicher trifft mich Neles Blick.

„Willst du nicht?"

Ich habe keine Antwort parat. In meinem Kopf dreht sich alles. Mein Herz klopft wie verrückt und ich weiß nicht, was ich machen soll. Am liebsten würde ich wegrennen, aber mein Körper bewegt sich nicht. Neles im Gegensatz schon. Sie übernimmt wieder die Oberhand. Irgendwie bewundere ich ihren Mut…

Sie greift nach meinen Händen und legt sie auf der Bettdecke ab. Dabei schenkt sie mir ein schüchternes Lächeln, bevor sie sich wieder an meiner Hose zu schaffen macht. Da ich nach wie vor unfähig bin, mich zu bewegen, kann sie ungehindert meinen Intimbereich freilegen und anfassen. Ich verfluche mich, dass ich ihr im Chat nicht die Wahrheit geschrieben habe. Da wäre mir diese peinliche Situation erspart geblieben.

Natürlich bleibt seitens meines Körpers eine Reaktion auf ihre Berührungen aus. Außer, dass ich vor Scham wie ein Schwein schwitze, passiert nichts. Nele wird bestimmt gleich eins und eins zusammenzählen und schnallen, dass ich nicht auf Frauen stehe. Meine ganzen Lügen fallen wie ein Kartenhaus in sich zusammen. Da kann ich mich gleich erschießen. Das überlebe ich nicht.

„Mio?"

Ich muss etwas sagen. Irgendwas!

Der Lügner in mir reagiert endlich.

„I-Ich hab mir vorhin erst einen runtergeholt, deswegen geht's jetzt nicht. Sorry."

„Hä? Vorhin in der Schule?" Ihr Gesichtsausdruck spricht Bände …

„J-Ja."

Mein Herz droht mir aus dem Hals zu springen. Aber wenigstens funktioniert mein Körper wieder. Ich mache in rekordverdächtiger Geschwindigkeit meine Hose zu.

„Ist wohl besser, wenn ich gehe."

Ich warte Neles Antwort gar nicht erst ab. Mir ist das alles mega peinlich. Ich kann ihr nach der Sache doch niemals wieder unter die Augen treten.

„Mio, warte." Sie hält mich fest. „Wie lange dauert es, bis er wieder … funktioniert?"

Der Albtraum findet kein Ende - „K-Keine Ahnung."

„Ich würde es schade finden, wenn du jetzt gehst. Lass uns ein bisschen warten, dann wird es sicher klappen."

Ich weiß nicht, ob Nele versteht, wie ich mich grad fühle. Wahrscheinlich nicht, sonst würde sie mich gehen und sterben lassen. Es grenzt an ein Wunder, dass mein Kopf vor lauter Peinlichkeit noch nicht explodiert ist. Ich wünschte, ich hätte den Mut, ihr die Wahrheit zu sagen. Aber ich bin und bleibe ein Feigling. Als solcher füge ich mich ihrem Willen. Ich bleibe.

Am Abend mache ich mich wieder auf den Heimweg. Dort angekommen halte ich mein Versagen im Tagebuch fest. Ich versuche mir die Blamage von der Seele zu schreiben. Aber es klappt nicht. Ich werde immer verzweifelter.

Um mich abzulenken will ich meine Hausaufgaben machen. Dabei fällt mir die Schülerzeitung in die Hände. Nele scheint sie aus Versehen in meinen, statt ihren Rucksack gesteckt zu haben.

‚Ob Silas mir weiterhelfen kann?', kommt mir in den Sinn und ich hadere kurz, ob ich bereit bin, eine so intime Sache mit ihm zu besprechen. Aber nach allem, was er für mich getan hat, will ich es versuchen.

Ich schreibe ihm eine Nachricht und frage, ob er Zeit hat. Während ich warte, will ich die Hausaufgaben erledigen, aber ich kann mich nicht konzentrieren. Zum Glück schreibt er mir schnell zurück.

„Ich bin gerade unterwegs, aber in der Nähe von dir. Wollen wir uns treffen?"

„Okay, danke."

KAPITEL 8

Die Frage, woher Silas weiß, wo ich wohne, stelle ich ihm, nachdem er in meinem Zimmer ist. Er lacht und macht es sich auf dem Bett gemütlich. Genüsslich schlürft er an dem heißen Tee, den Mama ihm gleich zur Begrüßung in die Hand gedrückt hat.

„Die Stadt ist nicht groß und du bist der Sohn eines Polizisten. Außerdem bin ich Reporter, wie du weißt." Ein Augenzwinkern. „Über was willst du reden, Mio?"

„Ähm, das … das ist ziemlich … privat."

„Dass ich schweigen kann, weißt du."

„Ja. Die Frage ist eher, ob ich es aussprechen kann."

Silas klopft neben sich auf das Bett. Geduldig sieht er mich an. Ich sitze noch auf meinem Schreibtischstuhl, weil ich ihm nicht auf die Pelle rücken wollte, aber der Platz neben ihm ist mir auch lieber. Schnell wechsle ich die Position und versuche meine Gedanken zu sortieren. Silas wartet geduldig und trinkt währenddessen brav den Tee.

„Hast du schon mal versucht mit einem Mädchen zu schlafen?", platze ich irgendwann heraus.

Silas überlegt kurz.

„Mir war relativ schnell klar, dass ich auf Männer stehe. Also, nein. Ich habe es nicht versucht. Aber deiner Frage entnehme ich, dass du es mit Nele tun möchtest?"

„Wir … wir haben … also … Nele hat es versucht – mit dem Mund, aber… es ging nicht…" – Ich leuchte bestimmt we eine Tomate!

„Hast du keinen hochgekriegt?" Silas ist sehr unverblümt. Ich starre nervös meine Hände an.

„N-Nein. Ich hab ihr erzählt, dass ich mir kurz vorher einen runtergeholt hätte und es deswegen nicht geht."

Silas grinst. „Das hat sie dir abgenommen?"

„Sie hat zum Glück keine Erfahrung mit Jungs."

„Wahrscheinlich. Hast du denn öfter Erektionsprobleme?"

„N-Nein, eigentlich nie." – Außer wenn mir Gruselmonsterstimmen die Tour vermasseln.

„War das dein erster Blümchensex oder hast du schon Erfahrungen mit Männern, abgesehen von dem Blow-Job in der Turnhalle."

Silas scheint in seinem Element zu sein. Während er so locker mit dem Thema umgeht, schaffe ich es kaum, ihn anzusehen.

„J-Ja, ein Mal …"

„Reden wir von richtigem Sex oder Hand- oder Mundarbeit?"

„Richtigem", presse ich heraus.

Silas schlürft am Tee und denkt nach. Als die Tasse leer ist, stellt er sie weg und sieht mich an.

„Ich denke, du bist nicht für Frauen geschaffen."

Deprimiert lasse ich den Kopf hängen.

„Was soll ich jetzt machen?"

„Vielleicht solltest du es ihr sagen."

„Ich soll ihr sagen, dass ich Sex mit Typen besser finde? Das verzeiht sie mir nie."

„Aber irgendwann musst du ehrlich zu ihr sein. Oder willst du dich wie Thorben benehmen und es ewig leugnen?"

„N-Nein, aber- ..."

„Dann rede mit ihr. Sag ihr, dass du sie gern hast, aber sexuell mit einer Frau für dich nichts läuft. Weitere Zeit zu verschwenden wäre unfair ihr gegenüber."

„Das sagst du so leicht. Was, wenn sie beleidigt ist und es an die große Glocke hängt? Dann rettet mich kein Beitrag in der Zeitung mehr vor einem Outing."

Mich fröstelt es bei dem Gedanken, dass alle von meinem Problem erfahren. Mutlos vergrabe ich das Gesicht hinter den angezogenen Knien.

„Ich darf gar nicht dran denken, wenn meine Eltern davon Wind bekommen. Mein Papa bringt mich um. Der hasst Schwule. Was soll ich nur machen?"

Silas nimmt mich in den Arm und versucht mich zu beruhigen.

„Es wird alles werden, Mio. Das verspreche ich dir. Meine Eltern wissen auch nicht, dass ich schwul bin und trotzdem kann ich ehrlich zu mir selbst sein. Das solltest du auch. Es hat keinen Sinn, dich weiter in eine hetero Beziehung zu flüchten, weil du Angst hast, auf Abneigung zu stoßen."

„Wenn ich dich reden höre, könnte ich glauben, du wärest ein weiser alter Mann", seufze ich und sehe Silas dankend an.

Er schmunzelt wegen meiner Bemerkung und legt seine Stirn an meine.

„Ich habe das, was du durchmachst, halt einfach schon hinter mir und kann deswegen klugscheißen."

„Dann scheiß weiter klug und klär das für mich mit Nele. Ich will sie nicht verletzen."

„Dafür ist es wohl schon zu spät."

Nachdem ich mit Silas geredet habe, nehme ich mir fest vor, Nele gegenüber ehrlich zu sein. Ich bitte sie am nächten Tag um ein Gespräch, aber als sie mir nach der Schule mit einem ängstlichen Gesicht gegenübersitzt, bringe ich es nicht übers Herz, ihr die Wahrheit zu sagen. Stattdessen lüge ich sie an und sage, dass ich sie liebe. Damit habe ich alles noch viel schlimmer gemacht.

Das wird mir bewusst, als ich mich auf ihrer Geburtstagsparty befinde. Sie feiert daheim. Ihre Familie hat ihr für ihren 15. Geburtstag das Haus überlassen.

Sie hat ziemlich viele Leute aus der Schule eingeladen und das Haus ist brechend voll. Alle tanzen und haben Spaß. Ich weniger, da ich nicht tanze und Neles Freunde nicht leiden kann. Ich fühle mich fehl am Platz. Außerdem stört es mich, dass sie die ganze Zeit mit einem Kerl aus ihrer Klasse anbändelt, der beim Tanzen die Finger nicht von ihr lassen kann. Irgendwann staut sich so viel Wut in meinem Bauch an, dass ich Nele von dem Typ wegzerre und mit ihr in die Küche gehe, wo wir ungestört sind.

„Was hast du?", fragt sie ahnungslos.

„Ich steh nicht auf Frauen", platze ich unüberlegt in meinem Ärger heraus.

Nele sieht mich verwirrt an.

„Hast du zu viel getrunken?"

„Es ist mir ernst. Ich wollte dich nicht verletzen, weil ich dich wirklich sehr gern habe, aber ich will keinen Sex mit Frauen."

„Dann stimmt es, was Thorben die ganze Zeit erzählt hat? Hast du dich an ihn rangemacht?"

„Nein, es ging von ihm aus. Da ich aber total verknallt in ihn war, habe ich natürlich nicht abgelehnt."

Nele verschlägt es kurz die Sprache, bevor sie unglaublich wütend wird und mir eine Ohrfeige verpasst.

„Ich hasse dich!", schreit sie und rennt aus der Küche.

Mit pulsierendem Gesicht verlasse ich unverzüglich die Party. Mein schlechtes Gewissen bringt mich fast um. Heulend setze ich mich auf die Schaukel beim Spielplatz und friere mir wegen der winterlichen Temperaturen bald den Arsch ab. In meiner Verzweiflung schreibe ich Silas, dass ich es Nele gesagt habe. Prompt kommt eine Antwort.

„Ich bin stolz auf dich. Wie war's?"

Mich durchfährt ein tiefer Schluchzer. Ich wische mir das Gesicht am Ärmel ab und versuche mich in den Griff zu bekommen, bevor ich Silas zurückschreibe.

„Scheiße! Wie auch sonst? Es ist schließlich ihr Geburtstag und ich sag ihr einfach, dass ich sie die ganze Zeit belogen habe. Ich bin das Letzte!"

„Soll ich vorbeikommen?"

„Ich bin auf dem Spielplatz bei der Kirche. Aber es ist schweinekalt."

„Warte auf mich. Bis gleich."

Silas hält sein Wort. Ich bin halb erfroren, als neben dem Spielplatz ein Auto hält und er aussteigt. Verwirrt sehe ich auf, als ich meinen Namen höre.

„Los, steig ein. Die Karre ist zwar alt, aber die Heizung funktioniert", ruft Silas.

Ich nehme auf dem Beifahrersitz Platz.

„Wieso fährst du Auto?"

Er lacht.

„Vielleicht ist es dumm, dass gerade dem Sohn eines Polizisten zu verraten. Ich liebe Autos. Mein Opa hat mir das Fahren beigebracht als ich dreizehn war und die Karre habe ich mir mit meinem Onkel zusammen repariert. Er betreibt eine Werkstatt in Zittau."

„Wow, cool. Ich verrat's nicht meinem Papa."

„Das hätte ich auch nicht gedacht. Los, schnall dich an, Mio. Wir fahren 'ne Runde.

Die Fahrt endet an einem Waldstück, weil der Motor streikt. Silas steigt aus, um unter der Motorhaube nach dem Problem zu suchen, während ich das Handy als Taschenlampe halte.

„Hm, der Kühler, denke ich", sagt er und schließt die Haube. „Das gute Stück überhitzt gern. Warten wir, dann sollte es wieder laufen."

Wir setzen uns zurück ins Auto.

„Hoffentlich springt er wieder an bevor es hier drin so kalt wie draußen wird", sage ich.

„Bleiben wir optimistisch, ansonsten rufe ich meinen Opa an. Der holt uns ab."

„Lebst du bei ihm?"

„Nein, aber meine Eltern sind häufig auf der Arbeit, weshalb ich mehr bei ihm als zu Hause aufgewachsen bin."

„Ich habe keine Großeltern. Die Familien meiner Eltern waren gegen ihre Ehe. Mein Papa stammt ursprünglich aus Italien und hat sich während eines Urlaubes in meine Mama verliebt, die hier geboren ist."

„Das ist romantisch. Wie Romeo und Julia."

„Naja, sie leben beide", lache ich und sehe Silas vielleicht einen Moment zu lange an. Ich fühle ein Kribbeln im Bauch. Unsicher drehe ich mich von ihm weg.

„Naja, was soll's. Nele weiß jetzt Bescheid. Wenn ich Glück habe, ist ihr die ganze Sache selber so peinlich, dass sie niemandem davon erzählt."

„Und selbst wenn – es geht trotzdem weiter", sagt Silas und nimmt meine Hand, um sie festzuhalten. Mir wird ganz warm ums Herz. „Warum hast du es Nele denn eigentlich heute gesagt? War der Moment gerade passend?"

„Nein. Absolut nicht. Ich war eifersüchtig, weil sie die ganze Zeit mit einem Typen auf der Party geflirtet hat, obwohl ich direkt daneben stand. Das tat weh und ich wollte es ihr heimzahlen. Das war nicht richtig. Normalerweise bin ich kein jähzorniger Mensch, aber ihr Verhalten hat mich verletzt."

„Das war wohl Schicksal", meint Silas und streicht mir über die Wange. Er schiebt ein paar Strähnen meiner Haare hinter das linke Ohr. Ich merke, wie mir die Hitze zu Kopf steigt. Schüchtern sehe ich ihn an. Er schließt in dem Moment seine Augen, beugt sich vor und gibt mir einen Kuss. Ich erwidere ihn und fühle recht bald seine Zunge in meinem Mund. Der Kuss wird leidenschaftlicher.

„Ich bring dich jetzt auf andere Gedanken, Mio. Einverstanden?"

Ich habe nichts dagegen einzuwenden.

In Windeseile lässt Silas den Sitz in der Schiene zurückschnellen, sodass wir mehr Platz haben. Ich setze mich auf seinen Schoß und zieh den Kopf ein. Wir küssen uns weiter. Die Erregung in mir wächst. Ich fühle ein gieriges Verlangen nach ihm, das sämtliche anderen Gedanken und Sorgen ausschaltet. Wir machen es zusammen und erst am Ende fällt mir auf, dass die unheimliche Stimme diesmal geschwiegen hat.

Ich sitze wieder angezogen neben Silas. Es herrscht Stille, was den Moment nicht weniger peinlich macht.

„War das was Einmaliges?", fragt er irgendwann.

„Ja", flüstere ich, obwohl ich mir etwas anderes wünsche. Aber ich kann keine Beziehung mit ihm beginnen. Meine Eltern würden das nie akzeptieren.

„Okay. Dann weiß ich, woran ich bin. Wir fahren jetzt besser nach Hause. Es ist schon spät. Ich setz dich bei dir ab."

„Danke."

„Bedank dich nicht zu früh." Er versucht den Motor zu starten. Der gluckert, aber springt glücklicherweise an. Stolz tätschelt Silas das Lenkrad.

„Brav."

Es scheint ihm nichts auszumachen, dass wir es gerade getan haben.

‚Ob er öfter *einmalige Sachen* hat?' Darüber grüble ich auf der Rückfahrt und vergesse, dass ich mich eigentlich freuen müsste, endlich die Grusel-Stimme losgeworden zu sein.

Eine Straße von meinem Zuhause entfernt, hält Silas an und lässt mich aussteigen. Zum Abschied haucht er mir einen Kuss auf die Wange.

„Ruf an, wenn du wieder jemanden zum Reden brauchst. Und sei wegen der Schule nicht nervös. Nele wird dich nicht verpfeifen."

„Ich hoffe es. Vielen Dank."

„Gerne doch."

Ich sehe ihm nach, bis der Wagen um die Ecke biegt. Ein eiskalter Windhauch lässt mich dann aber doch recht schnell die restlichen Meter bis zur Haustür zu Fuß zurücklegen.

Drinnen wartet Mama. Sie ist bereits im Schlafanzug und sieht fern. Glücklich nimmt sie mich in den Arm, was mir ziemlich unangenehm ist.

„Und, wie wars?", fragt sie neugierig.

„Ich habe mit Nele schlussgemacht", falle ich mit der Tür ins Haus. Mama versteht die Welt nicht mehr. Sie erwartet Antworten, aber ich lehne ab und gehe unter die Dusche. Schweigend lasse ich das Wasser über meinen Kopf brausen und beobachte, wie es im Abfluss verschwindet. Aber plötzlich wird es kalt. Das Licht geht aus und ich stehe im Dunkeln in der Duschkabine. Mir wird ganz schlecht. Ängstlich rufe ich nach Mama, aber es kommt keine Antwort.

Blind taste ich nach der Duscharmatur um das Wasser abzustellen. Es dauert einen Moment, bis ich sie gefunden habe. Danach verlasse ich die Kabine und gehe über die Fliesen zum Lichtschalter. Ich bin vorsichtig, damit ich nicht wegrutsche.

Langsam gewöhnen sich meine Augen an die Dunkelheit. Ich erkenne schemenhaft die Tür und weiß, dass der Schalter direkt daneben ist. Aber als ich nach ihm greifen will, packt mich etwas an den Beinen und bringt mich zu Fall. Ich knalle mit dem Kopf gegen die Waschmaschine und alles wird schwarz.

Vor meinem inneren Auge tauchen Bilder auf. Ich sehe mich als Kind, wie ich schluchzend unter Herrn Frieße liege, als er sich gerade an mir vergreifen wollte. Ich erinnere mich gut, wie steif sich mein Körper vor lauter Angst anfühlte. Ich dachte, Herr Frieße würde mich töten und rechnete mit dem Schlimmsten. Aber dazu kam es nicht. Bevor er mich fast ausgezogen hatte, griff er sich plötzlich an die Brust und verzog das Gesicht. Krampfhaft bohrten sich seine Finger in das Hemd. Er keuchte und lehnte sich vor, weil er scheinbar keine Luft mehr bekam.

Mein steifer Körper reagierte wieder. Ich rutschte von dem Bett und rannte an meinem Nachbarn vorbei. Er ging in die Knie und hielt sich immer noch die Brust. Ein krächzender Schmerzensschrei verließ seine Kehle. Ich erschrak und rannte umso schneller. Halb nackt flüchtete ich nach Hause.

Meine Eltern waren nicht da. Sie nahmen an der Beerdigung von Papas ehemaligem Chef teil. Ich durfte nicht mit, „weil Kinder auf dem Friedhof nichts verloren haben", sagte Papa. Ich verkroch mich unter der Bettdecke, umklammerte meine Beine und weinte hemmungslos. Ich hatte so viel Angst wie noch nie zuvor.

Ich weinte und weinte, bis die Tränen versiegt waren. Danach ging ich mich waschen. Ich schrubbte mich mit Seife unter heißem Wasser. Trotzdem fühlte ich mich noch schmutzig. Ich zog frische Kleidung an, nahm meinen Fußball und kickte ihn ein paar Mal durch das Wohnzimmer. In den Garten wollte ich nicht, weil ich Angst hatte, Herrn Frieße hinter der Gardine zu sehen. Ich trat den Ball und traf Mamas Blumenvase. Sie fiel vom Tisch und ging kaputt.

Die schönen Tulpen, die sie gepflückt hatte, lagen zerstreut auf dem Parkett. Hektisch hob ich sie auf und schnitt mich dabei an einer Scherbe. Mein Blut vermischte sich mit dem verschütteten Blumenwasser. Zitternd knickten mir die Beine weg. Mein Magen rebellierte. Ich musste mich übergeben. Danach wurde es dunkel.

Meine Eltern fanden mich, als sie von der Beerdigung zurückkamen und steckten mich ins Bett. Ich habe ihnen nie erzählt, warum es mir schlecht ging. Sie stellten auch keine Fragen, als am nächsten Tag Herrn Frießes Leiche von einer Nachbarin entdeckt wurde. Meine Kleidung war auf mysteriöse Weise aus seinem Haus verschwunden.

KAPITEL 9

Der Sturz gegen die Waschmaschine hat mir eine Platzwunde am Kopf eingehandelt. Mama ist mit mir ins Krankenhaus gefahren, nachdem ich wieder zu mir gekommen und Hilfe bei ihr gesucht habe.

„Schwindelanfälle können in dem Alter vorkommen", erklärt der Arzt, während er die Wunde an meiner Stirn vernäht. „Sie müssen sich keine Sorgen machen."

Mit der Ansage geht es nach zwei Stunden in der Notaufnahme am Morgen nach Hause. Papa kommt gerade von der Nachtschicht. Er hat schlechte Laune.

„Wie kann man sich nur immer so ungeschickt anstellen?"

„Lass ihn in Ruhe, Edoardo. Als ob du noch nie auf nassen Fliesen ausgerutscht bist."

„Der verletzt sich doch dauernd!"

Papa verzieht sich ins Wohnzimmer. Mama schüttelt über sein Benehmen den Kopf, bevor sie mich ins Bett schickt. Ich habe jedoch Angst, mich allein irgendwohin zu begeben. Die Klauen dieses Monsters an meinen Beinen habe ich trotz der leichten Gehirnerschütterung nicht vergessen.

„Ich bin nicht müde", lüge ich um Zeit zu schinden. Doch Mama bleibt konsequent. Mit schlotternden Knien liege ich kurz darauf allein in meinem Bett. Meine Augen starren pausenlos in der Gegend umher, damit ich das Monster nicht verpasse, bis mir einfällt, dass es bisher ja nie im Licht erschienen ist.

‚Besser ich schlafe jetzt, damit ich in der Nacht wach bleibe.' Nach einiger Zeit gebe mich letzlich meiner Müdigkeit hin. Doch Ruhe ist mir nicht vergönnt. Das unheimliche Wesen sucht mich in meinem Traum heim. Es prasselt als schwarze Regentropfen auf mich nieder und formiert sich zu meinen Füßen zu der unheilvollen Fratze, die mir bekannt ist. Seine Klauen greifen nach mir und zerren mich in die schwarze Pfütze, bis ich fast gänzlich verschluckt werde. Und während ich im Traum um mein Leben schreie, passiert im echten Leben etwas Seltsames, was ich erst nach dem Aufstehen bemerke.

Als ich zu mir komme, habe ich Schmerzen in der Brust. Ich entdecke außerdem großflächige Flecken auf meinem dunklen Shirt. Mir wird ganz elend. Meine verschwitzten Finger berühren die Stellen. Sie fühlen sich feucht an. Ich sehe mir meine Hände an. Die Fingerkuppen sind rot.

Zitternd erhebe ich mich und stelle mich vor den Spiegel am Kleiderschrank. Mein Gesicht ist ganz blass. Langsam hebe ich das Shirt an. Die Bewegungen schmerzen. Meine Haut zieht an der Brust. Nachdem ich das Shirt entfernt habe, erkenne ich den Grund. Mein Oberkörper ist von fünf langen Striemen überzogen, die meine Haut zerfetzt haben.

Kraftlos sinke ich vor dem Spiegel zusammen. Mein Körper zittert und durch das Schluchzen zieht sich meine Brust zusammen. Das tut weh. Aber die Schmerzen stören mich gerade weniger. Es ist viel mehr mein Kopf, der einfach nicht begreifen kann, wie so etwas möglich ist.

Diese paranormalen Ereignisse kennt man doch nur aus Filmen.

Ich verberge die tiefen Kratzer unter einer Mullbinde, die ich mir aus dem Verbandskasten in Mamas Auto heimlich besorge. Das Shirt mit den Blutflecken werfe ich in die Mülltonne. Im Wäschekorb würde es Mama nur in die Hände fallen.

Meine Erinnerungen werde ich so jedoch leider nicht los. Sie bleiben und machen es mir fortan unmöglich, nachts auch nur ein Auge zuzumachen. Ich habe ständig Angst, das Monster könnte zurückkommen und mich töten.

Meine Schlaflosigkeit kann allerdings kein Dauerzustand bleiben. Irgendwann funktioniert das Wachhalten nicht mehr, sodass ich anfange, online nach einer Lösung meines Problems zu recherchieren. Ich suche nach Geister- und Dämonenaustreibungen und setze ein paar der beschriebenen Lösungsmöglichkeiten um. Doch es bringt nichts. Meine Albträume verschwinden weder durch Salz, Wasser noch Gebete. Ich wurde zwar bis auf das eine Mal nicht mehr verletzt, aber die Angst reicht, um mich psychisch fertig zu machen.

Irgendwann bin ich an dem Punkt, es jemandem sagen zu wollen. Doch als ich Mama gegenübersitze, kann ich nicht aussprechen, dass ich von einem Dämon besessen bin. Es hört sich für mich selbst zu verrückt an.

„Mio, was ist los? Geht es dir nicht gut? Dir macht doch etwas zu schaffen."

„Ich … Ich … Ich habe wieder eine Sechs in Mathe geschrieben", antworte ich und gebe es auf, Mama von der Wahrheit zu erzählen.

„Schon wieder?", seufzt sie. „Mio, wenn das so weiter geht, wirst du die Klasse wiederholen müssen."

„Kann sein."

Niedergeschlagen lasse ich den Kopf hängen. Mama nimmt mich in den Arm. Ich schließe die Augen und schmiege mich an sie.

„Ich mache mir Sorgen um dich. Du bist nicht mehr derselbe. Du bist so dünn geworden und hast in letzter Zeit so dunkle Augenringe. Mio, kann es sein, dass du an die falschen Freunde geraten bist? Macht dich in der Schule irgendjemand fertig? Was ist los mit dir?"

„Nichts. Ich bin nur müde."

„Soll ich mal mit deiner Lehrerin sprechen? Wenn du gemobbt wirst, müssen wir etwas dagegen unternehmen!"

„Mich mobbt keiner. Ich bin einfach erschöpft."

„Aber von was denn? Den Fußball hast du aufgegeben und Papas Krafttraining machst du doch schon seit ein paar Wochen nicht mehr. Warum bist du erschöpft?"

‚Weil ich von einem Monster gejagt werde!'

Verweifelt fange ich an zu heulen.

Es dauert, bis ich mich wieder fange. Natürlich lässt Mama mich nicht ohne eine logische Erklärung für mein

Verhalten gehen. Ich muss sie wieder anlügen, um einer Einweisung in die Psychiatrie zu entkommen.

„Also hast du einfach nur Liebeskummer?", fragt sie, weil ich ihr das aufgetischt habe.

„Ja, ich denke schon. In ein paar Tagen geht's mir bestimmt wieder besser."

„Ich hoffe es. Ansonsten gehe ich mit dir noch einmal zum Arzt, damit er dein Blut untersucht. Vielleicht stimmt ein Wert nicht, weswegen du dich so schlapp fühlst."

„Ich muss nicht zum Arzt", antworte ich und stehe von der Couch auf. „Die Zeit heilt doch alle Wunden, nicht wahr?"

Die Albträume bleiben. Sie kommen regelmäßig, sodass es für mich normal wird, schweißgebadet und heulend aufzuwachen. Der akute Schlafmangel führt immer öfter dazu, dass ich im Unterricht wegnicke. Die schlechten Noten häufen sich. Wo ich vorher meistens Dreien und Vieren geschrieben habe, sind es jetzt fast nur noch Fünfen. Dementsprechend sieht im Februar mein Halbjahreszeugnis aus. Ich habe mich in jedem Fach um eine Note verschlechtert. Das meinen Eltern zu beichten ist ein Graus. Vor allem Papa wird ausrasten. Ich zeige meine Arbeiten prinzipiell nur Mama zum Unterschreiben, weil sie nicht so schimpft wie er. Aber beim Zeugnis geht das nicht. Papa will es noch am selben Tag sehen.

„Ist das dein Ernst?", fragt er, nachdem er es betrachtet hat.

„Das nächste Halbjahr wird besser", versuche ich gegenzulenken, aber Papa lässt sich nicht einlullen. Er steht wütend vor mir und würde mir, glaube ich, am liebsten das schlechte Zeugnis um die Ohren hauen.

„Willst du später mal arbeitslos sein?", schnauzt er. „Es stellt doch niemand freiwillig einen Idioten ein! Warum haben deine Leistungen so nachgelassen? Du hast extra mit dem Fußball aufgehört, um mehr zu lernen. Davon sehe ich nichts."

„Schatz, hör auf. Um jetzt noch zu schimpfen, ist es zu spät", versucht Mama zu schlichten, aber Papa ist so in Rage, dass er ihren Einwurf einfach übergeht und weiter meckert.

Ich fühle mich immer kleiner und kämpfe mit den Tränen. Nach der x-ten Beleidigung kann ich sie nicht mehr zurückhalten, was bei Papa das Fass zum Überlaufen bringt. Es gibt nichts, dass er mehr hasst, als Männer, die heulen. Er ist in dieser Beziehung sehr altmodisch in seinem Denken.

„Mach dich auf dein Zimmer!" Papa drückt mir das Zeugnis in die Hand. „Ich will dich heute nicht mehr sehen."

Mama kommt am Abend zu mir. Ich habe Papas Worte ernst genommen und bin nur zum Pinkeln ins Bad gegangen.

„Kommst du bitte essen, Mio?"

„Nein", knurre ich. „Ich muss doch hier bleiben."

Seit das Monster aufgetaucht ist und die Albträume begonnen haben, ist von unserer schönen Familie nicht mehr viel übriggeblieben. Das alles ist meine Schuld. Weil ich so ein Versager bin …

Mama seufzt.

„Du weißt doch, wie Papa ist", versucht sie zu schlichten, aber stößt bei mir auf taube Ohren. Ich verweigere das Essen und bleibe auf meinem Zimmer.

Um mich abzulenken, überlege ich, ob ich Silas mal wieder anschreibe. Seit wir es miteinander getan haben, habe ich seine Nachrichten ignoriert, weil ich mich nicht in ihn verlieben will. Daran hat sich nichts geändert, weshalb ich den Gedanken schnell wieder verwerfe. Letzten Endes sehe ich mir gelangweilt einen Film an, bis ich vor Erschöpfung in der Nacht einschlafe.

Diesmal ist der Traum anders.

Eine Frauenstimme spricht zu mir. Sie klingt warm und vertraut, obwohl ich sie noch nie zuvor gehört habe.

„Emilio. Du brauchst keine Angst zu haben. Wir werden dich retten. Das verspreche ich dir."

„Wer bist du?", frage ich und bin überrascht, da ich in meinen sonstigen Träumen nie sprechen kann.

„Ich bin die Beschützerin deiner Seele. In ihr ruht eine uralte Kraft. Der Feind will sie dir stehlen, aber wir werden das verhindern. Es wird nicht mehr lange dauern, bis wir dich zu uns holen."

„Wer seid ihr? Und wohin wollt ihr mich bringen? Ich will nicht von zu Hause weg."

„Versuch weiterzuschlafen, Emilio. Dein Körper braucht Kraft für das, was kommen wird, damit er deine Seele nicht hergibt."

„Ich will das nicht! Mach doch bitte was, damit das aufhört! Ich will nicht verrückt sein!"

„Du wirst es schaffen. Ich glaube an dich", sagt die Stimme und wird mit jedem Wort leiser, bis sie verschwunden ist.

KAPITEL 10

Es passiert noch in den Winterferien, dass meine Eltern sich nicht mehr mit meinen fadenscheinigen Ausreden bezüglich meines sichtbaren körperlichen Verfalls zufriedengeben. Ich komme von einem Spaziergang, als Mama und Papa mich für ein Gespräch an den Esstisch bitten. Die Stimmung ist geladen und ich weiß nicht recht, warum, denn mein schlechtes Zeugnis ist schon lange kein Thema mehr gewesen.

Als Papa einen 100-Euro-Schein auf den Tisch legt, stutze ich.

‚Mein Taschengeld habe ich doch schon bekommen‘, rattert es mir durch den Kopf, bis es plötzlich *Klick* macht und sich ein ganz schlechtes Gefühl in mir ausbreitet.

„Den haben wir in deinem Zimmer gefunden“, erklärt Papa und klingt sehr wütend. „Woher hast du das Geld, Emilio?“

„D-Das ist Taschengeld.“

„Lüg mich nicht an! Dein Taschengeld beträgt 70 Euro im Monat. Woher hast du einen 100-Euro-Schein?“

„I-Ich habe es gefund- …“

„LÜGE!“

Mama versucht es einfühlsamer, als sie merkt, dass ich dichtgemacht habe.

„Mio, Schatz – Sag uns bitte, woher du so viel Geld hast. Ich kann mich nicht erinnern, dir den Betrag von deinem Sparkonto abgebucht zu haben.“

Ich schweige.

Voller Zorn greift Papa auf den Stuhl neben sich und holt etwas hoch. Er knallt mir mein Tagebuch auf den Tisch.

„Was soll das hier?", fragt er. „Seit wann schreibt ein Mann Tagebuch? Schämst du dich gar nicht?"

Mir kommen die Tränen.

Papa schlägt es auf.

„Edoardo, nicht", versucht ihn Mama abzuhalten, aber er verliert keine Sekunde, meine Zeilen Zacharias betreffend, vorzulesen. Das wird zu viel. Ich höre nicht mehr zu, sondern stehe gedemütigt vom Tisch auf und verkrieche mich in mein Zimmer.

„Ich schick dich zum Arzt, damit der dir deine perversen Flausen austreibt!", schreit Papa mir durch das ganze Haus hinterher.

Ich kann es nicht fassen, dass meine Eltern mein Tagebuch gelesen haben. Ich fühle mich verraten und weiß nicht, was ich zuerst machen soll: heulen oder aus Wut gegen irgendetwas treten?

,Was mache ich jetzt nur?'

Es klopft. Mama möchte mit mir sprechen, nachdem Papa zur Nachtschicht gegangen ist. Ich will sie nicht reinlassen, doch Mama wartet gar nicht erst auf meine Erlaubnis. Sie setzt sich neben mich aufs Bett. Ich zeige ihr beleidigt die kalte Schulter.

„Ich wollte nicht, dass Papa es erfährt."

„Ihr habt es gelesen", antworte ich mit erstickter Stimme.

„Wir haben uns Sorgen gemacht. Du siehst in letzter Zeit so kränklich aus."

„Das ist mein Leben."

„Mio, du warst mit einem erwachsenen Mann für Geld im Bett. Du hast dich prostituiert. Ich hätte nie- …"

„Ich prostituiere mich nicht! Ich habe nicht gewusst, dass der mich dafür bezahlt! Das Geld habe ich auch nicht angerührt!"

Mama weicht mir aus und sieht zum Fenster hinaus.

„Ich habe nicht alles gelesen, sondern nur die Seiten, zwischen denen das Geld steckte. Papa überraschte mich, als ich es in der Hand hielt. Nur deswegen weiß er davon. Ich wollte dich heute Abend allein darauf ansprechen, um dir zu sagen, dass wir dir helfen, wenn du auf die schiefe Bahn geraten bist. Du musst dich deswegen nicht schämen. Es gibt sehr gute Entzugskliniken, mit denen wir deine Drogensucht in den Griff bekommen werden."

„Ich bin schwul und nehme keine Drogen, Mama", sage ich verletzt und erinnere mich schmerzlich an Papas Worte, mich deswegen zu einem Arzt bringen zu wollen.

Mama lächelt mich tröstend an.

„Ich möchte dir helfen. Bitte sag mir, was du nimmst. Du musst keine Ausreden erfinden."

„Warum hörst du mir nicht zu?!"

Plötzlich läutet das Telefon.

Mama lässt es klingeln, aber als kurz danach ein zweiter Anruf eingeht, verlässt sie mein Zimmer, um nachzusehen.

„Wir reden gleich weiter", sagt sie.

Ich schaue ihr wütend nach und habe keine Lust heute weiter mit ihr zu sprechen. Verärgert will ich deswegen meine Tür zuschließen, aber als ich Mamas erschrockenen Schrei aus dem Flur höre, halte ich inne. Aus einem unerfindlichen Grund wird mir ganz schlecht.

Ich laufe zu ihr und sehe sie neben dem Telefon stehen. Sie hält den Hörer in der zitternden Hand, während ihr Gesicht kreidebleich ist und sie durch mich hindurchsieht. Sofort verfliegt alle Wut und Enttäuschung. Zurück bleibt Angst.

„Mama?"

Ihre Augen sehen zu mir, aber ich glaube nicht, dass sie mich wahrnimmt. Zaghaft gehe ich einen Schritt auf sie zu, aber verharre, als ich ihre Tränen erkenne. Sie fließen ihr erstarrtes Gesicht hinunter, während die Person am anderen Ende Mamas Namen ruft.

Ich nehme ihr den Hörer aus der Hand.

„Hallo?"

„K-Kann ich bitte wieder mit Frau Marino sprechen?", fragt die Frau am anderen Ende.

„Was haben Sie meiner Mama gesagt? Sie guckt, als hätte sie einen Geist gesehen!"

„Ich würde gern wieder mit ihr sprechen. Gibst du ihr bitte den Hörer, Emilio?"

„Woher kennen Sie meinen Namen? Wer sind Sie?"

Ich höre eine Stimme aus dem Hintergrund der fremden Anruferin. Es ist ein Mann.

„Sag es nicht dem Sohn, aber halte ihn am Telefon bis das Team eintrifft."

„Was für ein Team?", frage ich ängstlich und sehe zu Mama. Sie sackt in dem Moment in sich zusammen. Erschrocken lasse ich den Hörer fallen.

„Mama! Mama, was hast du?!", schreie ich, aber sie reagiert nicht.

„Was ist passiert?", ruft die Frau aus dem Hörer.

Ich ignoriere sie und versuche verzweifelt meine Mama wieder aufzuwecken, aber sie bleibt bewusstlos. Mir wird angst und bange. Panisch rufe ich nach Hilfe und kann keinen klaren Gedanken mehr fassen. Kurz danach klingelt es an der Tür, aber ich nehme das Läuten nur unterbewusst wahr. Auch das Klopfen, was danach folgt, dringt nicht wirklich zu mir durch. Erst als es kracht und vor mir zwei Polizisten stehen, kann ich mich beruhigen.

Einer kniet sich neben Mama, während der andere mich von ihr wegzieht und den Hörer aufhebt. Er schafft mich zur Couch, sodass ich seinen Kollegen und Mama nicht mehr sehen kann.

„Helfen Sie ihr?", frage ich aufgelöst.

Er nickt und nimmt das Telefon ans Ohr.

„Wir sind da. Der Krankenwagen müsste jeden Moment kommen", sagt er zu der Fremden und beendet den Anruf. Ich starre ihn fassungslos an.

„Bleib bitte hier sitzen. Ich werde meinem Kollegen mit deiner Mutter helfen gehen."

„Was ist mit Mama? Und wo ist Papa? Hat er Sie geschickt?"

Der Polizist verweigert mir eine Antwort, nimmt unser Sofakissen und geht zurück in den Flur. Ich laufe ihm nach und muss mitansehen, wie die zwei Männer meiner Mama Erste Hilfe leisten. Mir knicken die Beine ein.

Plötzlich kommen weitere Menschen in unser Haus. Zwei tragen Anzug und ein paar weitere sind wie Sanitäter gekleidet. Sie kümmern sich um Mama. Eine Frau im Anzug kommt zu mir. Sie lächelt mich mitfühlend an und führt mich aus dem Trubel in die Küche. Sie öffnet das Fenster.

„Frische Luft hilft", sagt sie und nimmt mir gegenüber Platz. Ich verstehe die Welt nicht mehr.

„Was passiert hier?", frage ich ängstlich. „Wie geht es Mama?"

Die Frau nimmt meine Hand und beugt sich etwas über den Tisch, um mir tief in die Augen sehen zu können, bevor sie sagt: „Ich werde dir alles erklären, Emilio."

KAPITEL 11

Es regnet. Ich starre hinaus in den dunklen Tag und frage mich, ob jemals wieder die Sonne scheinen wird. Erschöpft wandert mein Blick zu Mama. Sie sitzt ohne Regung auf der Bank beim Friedhof, eingehüllt in den warmen Wintermantel und starrt auf Papas Grab. Er wurde heute beerdigt. Seine Kollegen und viele Freunde aus der Umgebung haben sich von ihm verabschiedet und uns ihr Beileid bekundet. Auch Nele war mit ihrer Familie unter ihnen. Es hat mich überrascht sie zu sehen, da wir seit der Trennung nicht mehr miteinander reden. Gefreut habe ich mich allerdings nicht. Seit diese Leute in unser Haus eingefallen sind und die Frau mir in unserer Küche sagte, Papa sei bei einem Einsatz erschossen worden, ist in mir alles tot.

„Mama, wir müssen zu der Trauerfeier", sage ich leise, nachdem ich mich mit dem Regenschirm neben sie gestellt habe und ihn ihr über den Kopf halte. Mir tropft es kalt in den Kragen.

„Mama?"

Sie reagiert nicht. Erst, als ich ihre Schulter berühre, sieht sie mich aus den rotgeweinten Augen an.

„Lass uns gehen. Es ist kalt", versuche ich es wieder.

„Ich möchte ihn bei dem Wetter nicht allein lassen."

„Bitte, Mama. Du bist schon ganz nass."

Sie schweigt, starrt in die Ferne und fängt wieder an zu weinen. Ich greife ihren Arm und schaffe es, dass sie aufsteht und mich zu Papas Trauerfeier begleitet.

An dem Abend schlafe ich bei Mama im Bett. Es ist seltsam, weil das eigentlich Papas Platz ist und ich zu alt bin, um bei meinen Eltern zu schlafen. Aber irgendwie brauche ich das jetzt.

Mama nimmt ihre Schlaftabletten, während ich neben ihr liege und sie beobachte. Sie haucht mir ein Küsschen auf die Stirn, wünscht eine gute Nacht und dreht mir den Rücken zu.

„Ich hab dich lieb", sage ich leise.

„Schlaf schön, Mio."

So wird es allmählich Realität, dass es von nun an nur noch uns beide gibt. Ich gewöhne mich nach ein paar Wochen daran - Mama leider nicht. Anfangs versucht sie tapfer zu sein und sich weiterhin um mich zu kümmern, aber das hält nicht lange an. Mama lacht kaum noch und wirkt immer öfter wie der wandelnde Tod, wenn sie mit leerem Blick und den eingefallenen Wangen durch das Haus geistert. Ich habe Angst um sie. Immer wieder versuche ich, sie unter irgendwelchen Vorwänden aus dem Haus zu locken, damit sie Ablenkung findet. Bei mir hilft es ja auch.

Heute bitte ich Mama mit mir zusammen ein paar neue Schuhe kaufen zu gehen. Ich brauche nicht wirklich welche, aber Mama hat es früher geliebt für mich Klamotten zu kaufen.

„Ich gebe dir das Geld", sagt sie teilnahmslos und blickt an mir vorbei, während sie auf der Couch sitzt. Ich knie mich vor sie und nehme ihre Hand. Erst, als ich ihren

Namen mehrmals laut hintereinander sage, wandern ihre Augen zu mir.

„Du musst an die frische Luft. Du bist ganz blass. Ich mache mir Sorgen um dich."

Sie lächelt, aber es wirkt unheimlich, da ihre Augen todtraurig aussehen.

„Ich möchte mich dann etwas hinlegen, Mio. Sei bitte wieder zu Hause, wenn es dunkel wird."

„Es ist bereits dunkel, Mama."

„Oh."

Sie befreit ihre Hand aus meinem Griff und steht auf. Ihr Körper schwankt während sie läuft. Schnell stütze ich sie. Mama atmet schwer.

„Was hast du?", frage ich ängstlich.

„Mir ist nur schwindlig …"

Kurz nachdem sie das gesagt hat, bricht sie zusammen. Ich halte sie so gut es geht, aber Mama wird mir zu schwer. Ich lege sie auf dem Boden ab und renne zum Telefon. Aufgeregt rufe ich den Notarzt. Die Minuten, bis der Krankenwagen eintrifft, fühlen sich wie Stunden an. Ich bin fix und fertig, als die Sanitäter an der Tür klingeln. Schnell öffne ich und muss ein weiteres Mal mitansehen, wie meine Mama bewusstlos aus dem Haus getragen wird.

Die Rettungskräfte nehmen mich mit zum Krankenhaus. Ich warte in der Notaufnahme, während Mama untersucht wird. Eine Krankenschwester leistet mir Gesellschaft. Sie ist schon etwas älter und steht ein Jahr vor der Rente, erzählt sie.

„Deine Mutter wird wieder", verspricht sie und gibt mir ein Taschentuch. Seit ich in der Notaufnahme sitze, kann ich nicht aufhören zu heulen. Geduldig streichelt sie mir über den Rücken und hält meine Hand. Ich kann trotzdem nicht aufhören mir Sorgen zu machen. Noch dazu kommt, dass ich in meinem Kopf wieder die unheimliche Stimme höre. Sie lacht und sagt, dass das nur der Anfang sei. Ich fühle mich verloren.

Nach einer Stunde darf ich zu Mama. Sie liegt mit einer anderen Frau auf einem Zimmer und wirkt ganz klein in dem Bett. Mit Tränen in den Augen trete ich neben sie. Sie sieht verzögert zu mir auf.

„Du bist hier", sagt ihre schwache Stimme.

Ich beiße mir auf die Lippe und nicke, weil ich nicht sprechen kann. Mama streckt ihre Hände nach mir aus. Sie will mich umarmen. Sehnsüchtig werfe ich mich ihr entgegen. Dass die andere Frau auf dem Zimmer mich wie ein Mädchen schluchzen hört, ist mir egal. Ich bin einfach nur glücklich, dass Mama nicht gestorben ist.

„Du darfst mich nicht allein lassen", heule ich.

Sie schweigt und streichelt mir durch die Haare.

Irgendwann beruhige ich mich wieder. Die Erschöpfung macht sich breit. Ich setze mich neben sie ans Bett. Eine Schwester kommt und kontrolliert den Tropf, an dem Mama hängt.

„Ich hatte nur einen kleinen Schwächeanfall. Du musst dir keine Sorgen machen, Mio. Geh bitte nach Hause. Ich bestelle mir morgen ein Taxi und bin zu Hause, wenn du aus der Schule kommst."

„Ich will nicht alleine nach Hause."

„Du musst morgen in die Schule. Nimm dir bitte ein Taxi. Um die Uhrzeit fährst du nicht mehr mit dem Bus."

Diskussion zwecklos.

Der Taxifahrer wartet vor dem Krankenhaus. Ich nenne ihm die Adresse und er fährt los. Umso näher ich meinem zu Hause komme, desto banger wird mir. Ich will nicht allein die Nacht dort verbringen. Die Stimme ist zwar mittlerweile still, aber ich weiß, dass das Monster auf mich wartet.

„Können Sie mich bitte doch woanders rauslassen?"

„Wo?"

„Bei dem Spielplatz gleich dahinten."

„Du willst zu der Uhrzeit auf den Spielplatz?", fragt er irritiert, da es schon 21:00 Uhr durch und stockfinster ist.

„Ja, bitte."

„Wenn du denkst."

Ich bezahle nachdem wir angehalten haben und laufe über die Straße. Meine Füße sinken im Kies nicht ein, weil er hartgefroren ist. Es ist sehr kalt. Leider trifft das auch auf die Schaukel zu, auf die ich mich setzen wollte. Notgedrungen bleibe ich stehen und rufe Silas an. Mir ist nicht wohl dabei, aber ich brauche jetzt Gesellschaft.

„Ja?", fragt seine Stimme am Ende der Leitung.

„Hi, ich bin's, Mio … Ähm … tut mir leid, dass ich mich nicht gemeldet habe."

„Und mir tut's auch leid. Ich habe das von deinem Vater gehört. Mein herzliches Beileid. Ich wollte zur Beerdigung kommen, aber dachte, das sei dir unangenehm", erklärt er und ich fühle den Schmerz in der Brust, den ich seit Papas Tod immer habe, wenn ich an ihn denke.

„D-Danke", antworte ich. „Ich weiß, dass es unverschämt ist nach der ganzen Zeit, aber können wir uns treffen?"

Silas zögert keine Sekunde und stimmt zu. Als ich ihm sage, dass ich wieder beim Spielplatz bin, verspricht er, mich abzuholen. Ich warte. Diesmal kommt er ohne Auto zu Fuß.

„Bist du gelaufen?"

Er nickt.

„Meine Karre streikt mal wieder." Er umarmt mich zur Begrüßung. Mir ist das unangenehm, weil ich Angst habe, uns könnte jemand beobachten.

„Wollen wir ein Stück laufen oder willst du mit zu mir kommen?"

„Würden sich deine Eltern nicht wundern, wenn ich einfach so reinschneie?"

Er lacht.

„Die arbeiten. Ich habe dir doch erzählt, dass ich mehr bei meinem Opa als zu Hause aufgewachsen bin."

„Und stört es ihn nicht?"

„Nein, Opa wohnt nicht bei uns. Wir hätten sturmfrei. Wenn es dir unangenehm ist, können wir aber auch gern spazieren."

„Darf ich vielleicht bei dir übernachten?", frage ich vorsichtig.

Silas macht große Augen.

„Hast du was vor?", lacht er und ich merke, wie mir die Schamröte ins Gesicht steigt.

„N-Nein! Ich ... Ich will einfach nicht alleine sein."

„Macht sich deine Mama keine Sorgen?"

Mein Blick wird traurig.

„Sie ist im Krankenhaus."

„Was ist passiert?"

„Sie hatte einen Schwächeanfall und ist zu Hause ohnmächtig geworden. Sie muss die Nacht zur Beobachtung im Krankenhaus bleiben."

„Ich wünsche ihr gute Besserung."

Silas nimmt mich wieder in den Arm. Ich kämpfe mit den Tränen. Damit ich nicht verliere, beende ich das Thema und folge Silas zu ihm nach Hause.

Sein Haus ist schick. Man erkennt, dass seine Eltern ziemlich viel Geld verdienen. Doof nur, dass er die beiden nie um sich hat und sie eigentlich gar keine richtige Familie sind. Aber Silas scheint sich damit abgefunden zu haben. Er ist so lieb und macht mir Abendessen. Ich helfe ihm beim Kochen.

„Du bist ja richtig geschickt", stellt er fest.

Sein Kompliment macht mich verlegen.

„Ich habe schon immer gern in der Küche geholfen."

„Vielleicht solltest du Koch werden."

„Ich weiß nicht, was ich mal werden möchte. Du wirst bestimmt Reporter, oder?"

„Keine Ahnung", lacht er und rührt die Soße zu den Nudeln um.

Wir essen und sehen uns dazu einen Film an. Kurz vor Mitternacht ist er zu Ende. Silas will duschen und zeigt mir vorher sein Zimmer.

„Wenn du willst, kannst du im Gästezimmer oder hier schlafen."

„Ich will nicht alleine schlafen", antworte ich sofort.

Silas schmunzelt. Er legt seine Hand an meine Hüfte und kommt mir viel zu nah. Ich werde nervös. Eigentlich hatte ich nicht vor, nochmal mit ihm intim zu werden. Und schon gar nicht, wenn meine Mama im Krankenhaus liegt und ich vor Sorgen fast umkomme. Aber eine Ablenkung käme mir gelegen. Ich lasse mich auf ihn ein. Wir küssen uns. Dann nimmt er meine Hand.

„Ich will mit dir zusammen duschen, Mio."

„Wird das nicht zu eng?", frage ich verwirrt, bevor mir klar wird, dass es Silas nicht darum geht, Wasser zu sparen. Mit rotem Kopf sehe ich ihn an. Er grinst und führt mich ins große Badezimmer. Eine Wanne steht in der Mitte des Raumes und die ebenerdige Dusche befindet sich rechts dahinter. Ehe ich mich versehe, zieht er mich aus. Zurückhaltend lasse ich ihn gewähren und verdränge alle Sorgen, die ich wegen Mama habe. Auch die Stimme ist vergessen. Mich interessiert nur noch Silas mitsamt dem aufregenden Prickeln, das seine Berührungen in mir auslösen.

Wir schlafen nicht nur in der Dusche zusammen, sondern auch in seinem Bett. Ich bin am nächsten Morgen ziemlich fertig, als pünktlich 5:30 Uhr mein Handywecker klingelt. Verschlafen deaktiviere ich den Alarm und drehe mich um, weil ich weiterschlafen will. Just in dem Moment erinnere ich mich, wo ich bin und was passiert ist. Erschrocken sitze ich aufrecht. Silas streckt sich neben mir. Er ist nackt, genau wie ich. Die Bettdecke rutscht ihm bis zum Bauchnabel. Ich schlucke stark.

„Guten Morgen", sagt er. „Müssen wir schon aufstehen?"

„Wenn wir pünktlich sein wollen", antworte ich nervös.

Silas schnappt meine Hand und zieht mich an seine Brust. Er nimmt mich in den Arm.

„Ich hätte einen anderen Vorschlag", sagt er und führt meine Hand unter die Bettdecke zu seinem harten Teil. Erschrocken ziehe ich mich zurück.

„Ich darf nicht schwänzen. Wenn Mama das erfährt, bekomme ich Ärger."

„Wie kaltherzig du sein kannst", stänkert Silas, aber akzeptiert mein Nein.

Rasch mache ich mich für die Schule fertig bis mir einfällt, dass ich meinen Rucksack mit den Schulbüchern zu Hause habe.

„Hm, die kann ich dir nicht wie meine Zahncreme borgen", meint Silas.

„So ein Mist! Daran habe ich überhaupt nicht gedacht!"

„Geh halt ohne und frag einen aus deiner Klasse, ob er dir heute mal einen Stift und ein paar Blätter leiht."

„Was anderes bleibt mir ja nicht übrig", knurre ich und ärgere mich über meine Zerstreutheit.

Ich sorge in meiner Klasse für Gelächter, weil ich komplett ohne alles den heutigen Schultag antrete. Genervt versuche ich es mit Humor zu nehmen, aber nachdem der blöde Englischlehrer schon wieder einen unangemeldeten Test schreibt, habe ich die Schnauze voll.

Er kontrolliert unsere Arbeiten in der zweiten Englischstunde, während wir eine Gruppenaufgabe machen müssen. Das heißt, ich darf Mama heute nach ihrer Rückkehr nach Hause gleich noch meine Sechs unter die Nase halten. Toll …

Damit aber nicht genug. Mein Lehrer bittet mich nach Ende der Stunde zu sich, obwohl ich mich beeilen müsste, da der Bus so knapp fährt.

„Mein herzliches Beileid wegen deines Vaters", sagt er, als wir bereits die Einzigen im Klassenzimmer sind.

‚Das bringt ihn mir auch nicht zurück', denke ich frustriert.

„Emilio, deine Noten sind leider dieses Jahr wesentlich schlechter geworden. Auch der aktuelle Test hat gezeigt, dass du unsicher bei den Vokabeln und der Grammatik bist. Darf ich dich fragen, woran das liegt?"

„Ich weiß nicht." – ‚Ich hasse Englisch. Daran liegt's!'

„Das zweite Halbjahr hat zwar gerade erst begonnen, aber ich biete dir trotzdem an, eine Zusatzaufgabe auf Benotung abzugeben, um deinen Durchschnitt zu verbessern."

‚Bitte nicht. Womit habe ich das nur verdient?'

Total frustriert gehe ich nach Hause. Zu meiner Überraschung wartet Silas vor der Schule auf mich. Mir ist das etwas unangenehm. Ich war froh, dass Nele nach unserer Trennung geschwiegen hat und ich einem Coming Out entgehen konnte. Mit Silas allein gesehen zu werden, ist daher nicht so toll. Aber er macht keine anzüglichen Dinge, sodass niemand der anwesenden Schüler glauben könnte, wir hätten was zusammen.

„Du siehst genervt aus", stellt er richtig fest.

„Wir haben heute einen Test in Englisch geschrieben."

„Oh, it went wrong. Didn't it?", witzelt er.

„Hast du mich gerade beleidigt?"

„Ich habe nur festgestellt, dass es wohl schiefgelaufen ist."

„Mehr als das", klage ich. „Mein blöder Lehrer hat mir auf Zensur eine Extraaufgabe aufgegeben."

„Ich kann dir dabei helfen, wenn du willst."

„Wirklich?"

„Klar. Ich hatte den ganzen Spaß doch schon", schmunzelt er und hat es wirklich geschafft, mich wieder aufzubauen. Wir beschließen noch auf dem Weg zur

Haltestelle, am Wochenende zusammen Englisch zu machen.

„Obwohl mir deine französischen Künste lieber wären", frotzelt er.

„Pscht!", zische ich, weil wir an der Haltestelle nicht mehr allein sind.

Kurz herrscht Stille, bis mir etwas auffällt.

„Warum habe ich dich vorher eigentlich nie an der Haltestelle getroffen?"

Silas hebt die Schultern.

„Ich laufe meistens."

„Und warum heute nicht?"

„Willst du mich loswerden?"

„N-Nein, ich bin nur neugierig."

Er schmunzelt und zieht mich ein Stück zurück, sodass wir den anderen wartenden Leuten im Rücken stehen. Ungesehen von ihnen schiebt er seine Hand in die Gesäßtasche meiner Jeans und kneift mir in den Hintern. Ich fühle gleichzeitig Angst und Erregung. Erschrocken weiche ich aus. Silas kichert, als er mein Gesicht sieht.

„Ich verbringe gern meine Zeit mit dir, Mio."

„W-Wir sind nur Freunde."

„Sexfreunde? Von mir aus."

„Pscht! Normale Freunde!"

„Die Grenze haben wir letzte Nacht aber schon wieder überschritten."

„PSCHT!"

Drei Mädels drehen sich zu uns um. Ich weiß nicht, ob sie etwas von der Unterhaltung verstanden haben.

Nervös gehe ich einen Schritt von Silas weg und sehe in eine andere Richtung. Er winkt derweil den Mädels fröhlich zu und setzt ein provokantes Grinsen auf.

„Na, ihr Hübschen?", spricht er sie an.

Mir rutscht bald das Herz in die Hose.

Die Mädels kichern und wenden sich wieder ihren Handys zu.

Silas zwinkert mir zu. Ich rolle mit den Augen und beschließe, jetzt nur noch an Mama zu denken, die hoffentlich bereits wieder zu Hause ist.

Ich liege richtig. Mama ist aus dem Krankenhaus zurück. Sie hat sogar Essen gemacht. Vor Freude kommen mir fast die Tränen. Ich umarme sie überglücklich, als sie mich neben dem gedeckten Esstisch begrüßt.

„Nicht so stürmisch", sagt sie und merkt Gott sei Dank nicht, dass ich ohne Rucksack aus der Schule komme.

Ohne zu zögern setze ich mich an den Tisch. In dem Moment fällt mir etwas auf. Es stehen drei Teller da.

„Äh, erwarten wir jemanden?", frage ich.

Mama kehrt mir den Rücken zu und holt den Topf mit dem Kartoffelbrei vom Herd, um ihn auf den Tisch zu stellen.

„Du Dummerchen. Papa hat doch auch Hunger."

Mir fällt alles aus dem Gesicht. Im ersten Moment weiß ich nicht, ob ich lachen oder heulen soll.

„Mama … du … du weißt doch, dass Papa- …"

Sie unterbricht mich und nimmt meinen Teller.

„Hast du viel oder wenig Hunger, Mio?"

Ich schweige, weil mich ihr Handeln extrem beunruhigt.

„Mio, träum nicht. Viel oder wenig?", beharrt sie.

„Mittel", antworte ich zögerlich.

Mama packt mir eine große Kelle auf den Teller, bevor sie Papas greift. Ihm packt sie zwei drauf. Sich selbst nimmt sie eine und füllt unsere Teller noch mit Gemüse und jeweils einem Schnitzel. Anschließend setzt sie sich.

„Guten Appetit", wünscht sie und beginnt zu essen, als wäre es selbstverständlich.

Ich starre sie an. Das Essen riecht lecker, aber ich habe keinen Hunger mehr.

‚Ob Mama auch verrückt ist?'

Mamas Zustand bleibt. Sie benimmt sich, als wäre Papa noch am Leben. Sie kocht für ihn, wäscht seine Wäsche, macht regelmäßig das Bett auf seiner Seite – sie unterhält sich abends sogar mit ihm. Es ist unheimlich. Ich ertrage ihr Verhalten zwei Wochen lang, dann stelle ich Mama zur Rede. Sie fängt an zu weinen als ich ihr sage, dass Papa gestorben ist und sie ihn gehen lassen muss.

„Du bist grausam", wirft sie mir an den Kopf. „Papa hat so viel für dich getan und du böses Kind verleugnest ihn. Du solltest dich schämen!"

Sie gibt mir eine Ohrfeige. Ich halte fassungslos meine Wange. Mama hat mich noch nie geschlagen.

„Er ist tot", schluchze ich. „ER IST TOT!"

„RAUS! Raus aus unserem Haus! Ich will so einen Lügner wie dich nicht mehr sehen!"

„Mama- …"

„RAUS!"

Sie packt mich am Arm und wirft mich wirklich aus unserem Haus. Ich lande auf den Pflastersteinen und höre die Tür zuschlagen. Zutiefst verletzt bettle ich um Einlass. Drinnen regt sich nichts. Ich gebe es nach ein paar Minuten auf und sinke vor der Haustür zusammen. Ich zieh die Beine an und weine still hinter meinen Knien.

‚Deine Mutter liebt dich nicht', sagt die finstere Stimme in meinem Kopf. ‚Sie hat dir die ganzen Jahre etwas vorgemacht und dich belogen.'

‚Das ist nicht wahr', widerspreche ich gequält und fühle die altbekannte Angst.

‚Es ist wahr. Du bist nicht ihr Kind. Dein ganzes Leben besteht nur aus Lügen. Ich werde es dir bald beweisen. Nicht mehr lange, dann werden wir uns begegnen, Key-Seele.'

‚Lass mich endlich in Ruhe!'

Mama lässt mich nicht wieder rein. Ich nehme mir den Ersatzschlüssel, den wir unter dem Blumentopf neben dem Briefkasten verstecken, um zurück ins Haus zu kommen. Drinnen ist alles finster. Ich suche Mama. Ich will mich bei ihr entschuldigen, weil ich sie verletzt habe und hoffe auf ihr Verständnis.

Leise schleiche ich ans Schlafzimmer meiner Eltern. Ich klopfe an.

„Ja?", fragt Mama.

„Entschuldige", sage ich mit zitternder Stimme.

„Wer ist da?"

„Ich bins, Mama."

„Edoardo? Seit wann stehst du auf Rollenspiele?"

„Mama, ich bin es. Emilio."

„Ach, du bist es."

Mama öffnet mir die Tür. Sie hat ihr Nachthemd an und riecht frisch geduscht, als sie mich umarmt und mir einen Kuss auf die Stirn gibt, als wäre nichts gewesen.

„Du warst heute aber lange draußen. Ich habe mir schon Sorgen gemacht."

Ich fühle tiefe Verzweiflung. Es ist nicht zu leugnen, dass Mama offensichtlich verrückt geworden ist.

„Mama, ich- …" Meine Stimme bricht weg. Ich fange an zu weinen, weil ich nicht mehr weiter weiß. Mama nimmt mich in den Arm.

„Alles gut, Mio. Mama ist ja da", säuselt sie und summt ein Lied. Ich komme mir wie in den Händen einer Psychopathin vor. Voller Schmerz ziehe ich mich zurück und wünsche Mama eine gute Nacht.

Ihre Störung bleibt. Es wird so schlimm, dass mich bereits die Nachbarn auf ihre Gesundheit ansprechen. Ich schäme mich deswegen, aber lasse auch nicht zu, dass die Leute schlecht über meine Mutter sprechen.

„Der Arzt sagt, es ist nur eine Phase", lüge ich, damit die Leute Ruhe geben.

Natürlich ist es keine Phase. Auch Mamas plötzlich auftretende Aggressionen mir gegenüber nehmen zu. Es bleibt nicht bei der einen Ohrfeige. Sie hat manchmal Tage, an denen darf ich sie nicht ansprechen. Wenn ich es aus Versehen doch tue, schlägt sie mich. Ihr Blick verändert sich in den Momenten. Sie schaut voller Hass auf mich hinab. Das macht mich fertig. Mitte April halte ich die psychische Belastung nicht mehr aus.

Mama steht in der Küche und starrt den geöffneten Mülleimer an. Als sie mich bemerkt, redet sie mit mir, ohne den Blick vom Müll abzuwenden.

„Hast du die Lasagne in den Müll geschmissen, die ich für Papa gemacht habe?", fragt sie.

„Sie war verschimmelt, Mama."

Mama hebt den Blick. Sie lässt vom Müll ab und dreht sich zu mir. Ich weiche einen Schritt zurück. Ihre hasserfüllte Mimik jagt mir einen Schauder über den Rücken.

„Mama, bitte. Es hat gestunken und ich wollte nicht, dass Papa Bauchschmerzen bekommt", versuche ich verzweifelt meine Haut zu retten. Aber zu spät. Mama packt mich und reißt mich zu Boden. Sie hat in diesen Momenten eine ungeheure Kraft, die nicht von dieser Welt zu sein scheint. Wie besessen schlägt sie auf mich ein. Es ist nicht das erste Mal, dass sie mir so ein blaues Auge verpasst. Aber ich würde mich nie im Leben gegen sie wehren.

„Aua! Mama, bitte, hör auf! Es tut mir leid", rufe ich, aber sie kennt keine Gnade.

Ich wache im Krankenhaus auf. Meine Sicht ist verschwommen und ich brauche einige Zeit, bis ich meine Umgebung erkenne.

„Du bist wach! Gott sei Dank", höre ich Mamas Stimme. Im ersten Moment fürchte ich mich. Ich schrecke zurück, als sie mich umarmen will. Ihr kommen die Tränen.

„Seit wann hast du Angst vor mir?", fragt sie verletzt.

In dem Moment kommt eine Ärztin ins Zimmer. Sie stellt sich mir vor und schickt Mama danach aus dem Raum, um sich ungestört mit mir zu unterhalten. Sie wirkt nett, doch als sie Andeutungen macht, herausfinden zu wollen, woher ich meine Kopfverletzungen habe, stirbt sämtliche Sympathie in mir ab. Ich schweige mich aus, weil ich hoffe, dass Mama nie wieder so ausrastet.

Leider trifft das nicht zu. Ich bin die nächsten Wochen sehr häufig auf der Station, bis die Ärztin mir meine Lügen nicht mehr glaubt und das Jugendamt einschaltet. Eine Betreuerin wird zu uns nach Hause geschickt. Sie wird Zeuge, wie Mama die Kontrolle verliert und auf mich einschlägt, weil ich Papas Liegestuhl im Garten verrückt habe.

Mama kommt in psychiatrische Behandlung. Weil ich nicht volljährig bin, muss ich ins Heim. Es ist ein Albtraum. Die Heimbetreuer sind zwar nett, aber es fühlt sich trotzdem schrecklich an, hier sein zu müssen. Mit den anderen Kindern komme ich auch nicht klar. Sie mögen mich nicht, weshalb ich mich automatisch ausgrenze. Ich fühle mich alleingelassen. Meine Mama darf ich nicht besuchen, bis ihr Arzt es erlaubt. Außer Silas habe ich niemanden, der mir aus meinem „alten Leben" noch geblieben ist. Verzweifelt heule ich mich deswegen immer öfter bei ihm aus, aber auch er hat heute Abend keine guten Nachrichten für mich.

„Ich habe die Zusage für eine Ausbildung in Stuttgart bekommen", sagt er und versetzt mir einen Stich.

„Das heißt, du gehst nach der Schule weg", spreche ich das Offensichtliche aus.

Er nickt bedrückt.

„Ich brauche die Stelle."

Mir kommen die Tränen. Ich klammere mich an ihn.

„Bitte du nicht auch noch."

„Ich bin doch nicht aus der Welt."

Nach einer Woche im Heim und Silas' Ankündigung, nach den Prüfungen die Stadt zu verlassen, besuche ich das Grab meines Papas. Ich bin nicht oft hier, weil ich den Anblick nur schwer verkrafte. Aber da Mama auch nicht mehr greifbar ist, muss ich über meinen Schatten springen.

Mit mulmigem Gefühl knie ich mich vor das Grab. Ich lese die Inschrift und fühle, wie meine Brust sich zuschnürt. Ich hole tief Luft. Es gibt etwas, dass ich Papa schon lange sagen will, mich aber bisher nicht getraut habe.

Tapfer beiß ich die Zähne zusammen.

„Es tut mir leid, dass wir uns gestritten haben. Ich hätte euch sagen müssen, dass ich etwas Dummes gemacht habe. Aber Papa, du hast mich auch verletzt."

Mir kommen die Tränen. Wütend wische ich sie weg.

„Es war nicht nett, dass du mich zu einem Arzt bringen wolltest, nur weil ich ... anders bin."

Meine Stimme bricht weg. Der Schmerz, den ich gerade empfinde, ist unerträglich, dabei wollte ich Papa noch so viel mehr sagen. Ich wollte ihm von Mama erzählen und dass er irgendetwas tun muss, damit es ihr wieder besser geht. Aber mein Körper streikt. Mir bleibt vor lauter Qual die Luft weg, bis ich plötzlich eine warme Hand auf meinem Rücken spüre. Gleichzeitig höre ich die Stimme des Mädchens in meinem Kopf, die mir einst im Traum erschien und versprach, mich zu beschützen.

‚Ich bin immer bei dir, Mio.'

Aufgeregt drehe ich mich um, weil ich sie sehen will. Aber hinter mir steht niemand. Die Hand auf meinem Rücken ist auch verschwunden. Aber wenigstens bekomme ich jetzt wieder Luft. Mein Heulkrampf hat ein rasches Ende gefunden. Außerdem passiert noch etwas Unvorhersehbares. Ein schwarzhaariges Mädchen bleibt neben mir stehen. Ich glaube erst, sie könnte die Besitzerin der geheimnisvollen Stimme sein, aber als sie mit mir spricht, klingt sie völlig anders.

„Hallo, ich bin Mia. Du kennst mich nicht, aber ich dich. Naja, ein bisschen zumindest. Ich gehe mit Nele in eine Klasse und bin mit ihr befreundet", erklärt sie und reicht mir die Hand, damit ich besser aufstehen kann.

Schüchtern wische ich mir über die Augen.

‚Na toll. Jetzt sieht die, dass ich geheult habe', geht es mir durch den Sinn, aber Mia macht keine Anstalten, mich darauf hinzuweisen. Sie redet munter weiter und liest nebenbei Papas Grabstein.

„Meine Mommy ist auch gestorben, aber sie liegt nicht auf diesem Friedhof. Ich bin mit meinem Daddy aus gewissen Gründen vor einiger Zeit hierhergezogen."

Plötzlich trifft mich ihr entschlossener Blick.

„Ich find dich süß, Mio. Als Nele mit dir Schluss gemacht hat, wollte ich eigentlich meine Chance ergreifen, aber ich war zu schüchtern und habe es aufgegeben. Das hat sich aber gerade geändert. Gib mir bitte keinen Korb, okay?"

„D-Das ist ein doofer Zeitpunkt."

„Ja, auch ein doofer Ort. Aber manchmal muss man die Dinge eben nehmen, wie sie kommen."

Ihre braunen Augen haften weiterhin hoffnungsvoll auf mir und irgendwie bringe ich es nicht übers Herz, Mia abzuweisen. So verrückt es auch ist, aber ich lade sie auf ein Stück Kuchen ins Café um die Ecke ein.

„Ich stehe total auf Musik und singe für mein Leben gern. Ich bin aber zu realistisch um zu glauben, nach der Schule als Sängerin entdeckt zu werden. Doch ich will auf jeden Fall mal was mit Musik machen", erzählt sie frei von der Leber weg.

Mia hat eine sehr erfrischende Art an sich, die mir gefällt. Wir harmonieren zusammen und es fühlt sich an, als würden wir uns schon ewig kennen. Noch dazu hat sie echt traumhaft schöne schwarze Haare. Die reichen ihr fast bis zum Hintern und glänzen herrlich im Licht.

‚Gott, wenn das einer hört, denkt der, ich hätte 'ne Meise', geht es mir durch den Kopf.

„Was für Musik magst du so, Mio?", fragt sie und kichert unerwartet. „Ich finde es total cool, dass unsere Namen sich so ähneln."

„Äh, ja. Du kannst mich sonst auch Emilio nennen."

„Oder Milo?"

„Nee, bitte nicht."

„Magst du Milo nicht?"

„Nein. Emilio oder Mio. Du hast die Wahl."

„Dann Mio", witzelt sie und stopft sich die Erdbeere von ihrem Kuchen in den Mund. Noch während sie kaut, wiederholt sie ihre Frage, auf welche Musik ich stehe.

„Ich mag Soul. Das ist nicht gerade in, ich weiß."

Mia winkt ab und nimmt einen großen Schluck von ihrem Kakao.

„Ach, Quatsch", sagt sie danach. „Jeder soll die Musik mögen, die ihm gefällt. Ich mag Popmusik. Aber selber singe ich am liebsten Balladen. Ich liebe Songs, mit denen ich meine ganzen Gefühle hinausschreien kann."

„Sing mal was", fordere ich, weil ich neugierig bin.

„Nicht hier. Das mache ich lieber unbeobachtet. Ich habe Lampenfieber."

„Aus der Sache kommst du ohne ein Ständchen nicht mehr raus", sage ich und erwische mich dabei, zu lachen. Ich habe schon ewig nicht mehr gelacht. Der plötzliche Gefühlsausbruch verwirrt mich. Mia scheint das zu bemerken.

„Ist was?", fragt sie.

„Ich ... ich habe lange schon nicht mehr gelacht", gebe ich zu und fühle mich ganz komisch.

„Lachen ist die beste Medizin."

Plötzlich bleibt jemand neben unserem Tisch stehen. Mia und ich sehen verwirrt zu der Person auf, die anhand der Kleidung nicht unser Kellner sein kann. Mir bleibt fast der Verstand stehen, als ich Silas erkenne. Er winkt uns fröhlich zu. Ich habe sofort ein schlechtes Gewissen, weil ich mit Mia und nicht mit ihm hier bin.

„Kennt ihr euch?", fragt Mia.

Silas nickt und antwortet für mich.

„Wir sind Bekannte. Ich habe ihn mal interviewt, als er noch Fußball gespielt hat. Silas Schwarz von der Schülerzeitung."

Mia hebt eine Augenbraue, bis es in ihr *Klick* zu machen scheint.

„Ja, ich erinnere mich an den einen Beitrag, den Nele in der Klasse rumgezeigt hat."

„Genau", stimmt Silas zu und sieht mich an.

Ich schlucke stark. Mia scheint zu spüren, dass ich mich gern ungestört mit ihm unterhalten möchte und entschuldigt sich auf die Toilette. Silas nimmt ihren Platz ein.

„Ein nettes Mädchen", sagt er.

„Tut mir leid. Sie ist mir auf dem Friedhof über den Weg gelaufen."

„Du machst auf dem Friedhof ein Date klar? Respekt." Silas lacht.

„Stört dich das gar nicht?", frage ich verwirrt, weil ich seine Reaktion nicht nachvollziehen kann. Er meine scheinbar auch nicht, denn er sieht mich rätselnd an.

„Warum sollte mich das stören?", hakt er nach.

„Naja, weil wir …" Ich merke, wie ich rot werde.

Silas lacht.

„Ach, Mio. Wir sind Freunde, schon vergessen?" Er zwinkert. „Das hast du selber gesagt."

„Aber wir waren zusammen im Bett", flüstere ich.

„Na, und? Heiraten wir deswegen?"

„N-Nein."

„Sei nicht so streng mit dir. Ich freu mich, wenn du neue Freunde findest. Ich selbst habe ja auch nicht nur mit dir Kontakt. Außerdem, wenn ich bald nach Stuttgart ziehe, ist es für mich beruhigend zu wissen, dass du hier nicht allein zurückbleibst."

„Also ist es okay?"

„Ja, Mio. Du darfst noch mit anderen Menschen außer mir Sex haben."

In dem Moment kommt Mia zurück. Ich starre sie erschrocken an, aber sie hat Silas zum Glück nicht verstanden. Er macht ihr höflich Platz und verabschiedet sich.

„Einen schönen Tag wünsche ich noch", sagt er und macht sich vom Acker.

Fröhlich isst Mia ihren Kuchen auf und redet wieder mit vollem Mund.

„Der war nett", mampft sie.

„Ja, kann sein."

„Aber dass er gleich denkt, ich würde dich auf mich drauf lassen, find ich schon frech."

Mir klappt der Mund auf. Mia schmunzelt und schluckt den Kuchen runter, bevor sie weiterredet.

„Ich will ja nicht behaupten, dass ich nicht auf dich stehen würde – sonst säßen wir nicht hier – aber One-Night-Stands laufen mit mir nicht. Falls du darauf aus bist, kannst du es gleich vergessen."

„I-Ich will doch gar nicht- …"

„Dann ist ja gut. Hätte mich auch irgendwie gewundert. Du bist nicht der Typ, bei dem ohne Gefühle was läuft, schätze ich."

‚Die hat echt eine sehr gute Menschenkenntnis', denke ich verblüfft und bin von Mia mehr und mehr fasziniert.

KAPITEL 13

Es kommt der Tag, an dem Silas beschließt, sich aus meinem Leben komplett zurückzuziehen. Er sagt, da ich immer öfter meine Zeit mit Mia verbringe und sie mir gut tut, dass er uns nicht im Weg stehen will. Ich kann seine Reaktion nicht verstehen.

„Du hast doch aber gesagt, ich kann mit euch beiden befreundet sein."

Silas grinst und ringt mich auf seinem Bett nieder. Er küsst mich.

„Bist du denn mit mir nur noch befreundet, Mio?"

„Wir sind nicht zusammen."

„Wäre ich kein Mann, wären wir es aber längst. Du bist in mich verknallt, nicht wahr?"

Ertappt weiche ich ihm aus. Silas lässt von mir ab, damit ich mich wieder hinsetzen kann.

„Du musst dich entscheiden. Ich glaube nicht, dass du bereit bist, der ganzen Welt offen zu zeigen, dass du auch Männer liebst. Und solange das nicht der Fall ist, werde ich keine Gefühle meinerseits in diese Richtung zulassen. Ich bin zwar bettmäßig für jeden Spaß zu haben, aber mein Herz bekommt nur der, der zu mir steht."

„Gehst du deswegen nach Stuttgart?", frage ich verletzt.

„Nein, ich ziehe dorthin, weil die mir dreißig Prozent mehr Lohn bezahlen."

Er schließt die Arme von hinten um mich und legt den Kopf an meine Schulter.

„Vielleicht kommt irgendwann mal unsere Zeit", flüstert er und knabbert an meinem Ohr. Ich bekomme nicht nur Gänsehaut, sondern werde auch erregt. Vergnügt lässt Silas seine Hände in meine Hose wandern.

„Das wird unser Abschiedsfick. Ab morgen sind wir wirklich nur noch Freunde", legt er fest.

Ich schlucke den Schmerz hinunter.

„Dann beeil dich. Ich muss in einer Stunde zurück im Heim sein." Er lacht. Provokant stößt er mich um und legt sich auf mich.

„Schnell kannst du haben, *Milo*."

„Du hast gelauscht!"

„Ich bin Reporter."

Nach dem Abschied fühle ich mich einsam. Silas hat Recht mit dem, was er gesagt hat. Ich liebe ihn, aber ich könnte das nie ohne Angst offen zeigen. Das ist ihm gegenüber nicht fair.

,Wie kann der nur schon so erwachsen sein?', denke ich deprimiert, bevor mir müde die Augen zufallen und ich in dem fremden Heimbett, das niemals meins sein wird, einschlafe.

Ich träume schlecht, wie jede Nacht. Es ist mittlerweile Normalität für mich geworden, dass das Monster mich besucht und mir Kratzer zufügt, die ich am nächsten Tag dann irgendwo an meinem Körper entdecke. Sie sind aber nicht mit denen zu vergleichen, die nach dem ersten Traum dieser Art quer über meine Brust verliefen.

Manchmal sind die Wunden kaum zu sehen und bereits am nächsten Tag verheilt. Trotzdem spüre ich, dass mich bald etwas sehr Schreckliches ereilen wird. Die innere Unruhe begleitet mich deswegen täglich.

Aber es bleibt auch Zeit zur Freude. Mama geht es Ende Mai endlich besser. Ich darf sie besuchen, aber weil ich allein zu viel Angst habe, frage ich Mia, ob sie mich begleitet. Wir haben uns ziemlich gut angefreundet, aber gesungen hat sie noch nicht für mich.

Sie nimmt meine Einladung an, aber wirkt nervös, als wir an dem Samstagvormittag vor dem Krankenhaus stehen.

„Geht's dir gut?", frage ich.

„Ich muss dir noch etwas sagen, Mio."

Wir stellen uns an die Seite.

„Raus mit der Sprache.".

Mia seufzt.

„Ich habe es dir noch nicht erzählt und da du meinen Familiennamen wahrscheinlich nicht kennst, weißt du es auch nicht."

„Du heißt Kenth", antworte ich verwirrt und erhalte ihren überraschten Blick. „Glaubst du echt, nur weil ich beschissene Noten habe, bin ich zu doof den Namen an eurem Briefkasten zu lesen?", ziehe ich sie auf.

„D-Das wollte ich damit nicht sagen. Ich bin überrascht, dass du dich dafür interessiert hast. Oder hat Nele mal etwas gesagt?"

„Nein, wir reden nicht mehr zusammen. Aber wegen deines Familiennamens machst du jetzt so eine Geheimniskrämerei? So seltsam ist der doch gar nicht."

Mia zögert, bevor sie mir ihre wahre Geschichte erzählt, die sie bisher vor mir verheimlicht hat. Ich erfahre von ihrer Mutter, die wegen einer geistigen Störung in die Psychiatrie eingewiesen wurde und Anfang des Jahres verstorben ist – wie mein Papa. Ich fühle mich ziemlich schlecht, als Mia mir davon berichtet.

„Mein Daddy ist ein hohes Tier bei der Bank und als Mommy eingewiesen wurde, stand das gleich am nächsten Tag in der Zeitung und im Internet. Alle wussten plötzlich, dass die Frau von Herrn Kenth verrückt und meine Mum ist. Mein Schulalltag wurde zum Spießrutenlauf. Daddy zog mit mir deswegen vor zwei Jahren in dieses Dörfchen, weil uns hier niemand kennt. Es wurde ruhiger, aber meiner Mommy ging es weiterhin schlecht. Ich durfte sie nicht besuchen, weil es sie zu sehr aufregen würde, sagten die Ärzte. Sie starb trotzdem. Ich habe sie das letzte Mal vor meinem zwölften Geburtstag gesehen."

„An was ist sie gestorben?"

„Ich weiß es nicht. Daddy redet nicht mit mir darüber, sondern sagt, ich soll es vergessen und von vorn anfangen."

Ich nehme Mia in den Arm und überlege, ob es Sinn macht, ihr mein Beileid auszudrücken. Da ich aber selbst weiß, wie leer diese Worte klingen können, lasse ich es.

Stattdessen lächle ich sie nach der Umarmung an und bedanke mich für ihre Offenheit.

Mia kichert verlegen.

„Jeder andere hätte mich jetzt bemitleidet."

„Ich weiß, dass das nichts bringt." Ich nehme ihre Hand. „Komm, ich will dich meiner Mama vorstellen. Sie ist auch verrückt, also wunder dich bitte nicht."

Mama liegt im Bett und döst in der Sonne, die durch das Fenster hereinscheint. Ihre Zimmernachbarin ist nicht da, sodass ich ihr ungestört Mia vorstellen kann.

„Ich freu mich, dich kennenzulernen", sagt sie. „Du hast wirklich traumhaft schöne Haare. Wie Schneewittchen."

Mia bedankt sich verlegen.

Ich schiebe ihr einen Stuhl an Mamas Bett und setze mich dazu. Unser Wiedersehen nach den fünf Wochen und nach allem, was war, habe ich mir irgendwie emotionaler vorgestellt.

Wir unterhalten uns. Mama wirkt seit langem wieder klar im Kopf. Ich mache mir Hoffnungen, mit ihr bald nach Hause gehen zu können, aber dann verfällt sie wieder in ihr Muster: „Papa war heute bei mir und hat erzählt, dass du ihn selten auf dem Friedhof besuchst. Er ist ganz traurig deswegen. Geh bitte hin und stell auch ihm Mia vor. Es wird ihn freuen, dass du dich für ein Mädchen entschieden hast."

Mia sieht mich verwirrt an.

„Hast du deine Medikamente genommen, Mama?"

„Ja, wieso fragst du mich das?"

„Wenn du magst, gehen Mia und ich sein Grab bei Gelegenheit besuchen", beende ich das Thema und auch unseren Besuch bei ihr im Krankenhaus.

Ich bringe Mia nach Hause. Sie scheint eindeutig aufgrund Mamas Verhalten verwirrt zu sein, weshalb ich ihr erkläre, was es genau mit ihrer Krankheit auf sich hat.

„Die Ärzte sagen, sie schützt sich selbst, indem sie so tut, als würde Papa noch existieren. Sobald die Medikamente richtig eingestellt sind, kann Mama entlassen werden und ich darf wieder nach Hause."

Mia nimmt meine Hand und bleibt stehen. Ich rechne mit weiteren Fragen, aber scheinbar möchte sie nicht mehr über das Thema sprechen.

„Hast du noch Lust kurz ins Spielhaus zu gehen, Mio?"

Besagtes Spielhaus befindet sich auf dem Spielplatz an unserer Schule. Es ist eng und nicht für Jugendliche gebaut, aber wir haben hier unsere Ruhe.

Mia setzt sich zwischen meine Beine, während ich mich an die Wand lehne und versuche Mamas Worte wegen Papas Grab zu vergessen.

„Ich hab einen neuen Song gefunden, den ich mag", sagt sie und öffnet ihre Playlist. Sie spielt das Lied ab und beginnt mitzusummen. Die Töne sind ruhig und fühlen sich gut an. Ich merke, wie ich mich entspanne und meinen Kopf an ihren lege, als sie sich zurücksinken lässt.

„Wie findest du ihn?"

„Schön."

„Nicht zu schnulzig?"

„Manchmal ist schnulzig ganz schön."

Sie kichert und wir hören bis in den Abend Musik. Ich vergesse dabei die Zeit und rufe erschrocken im Heim an, als ich auf die Uhr sehe.

„Du kannst mit zu mir kommen", sagt Mia, während der Anruf aufgebaut wird.

Verlegen sehe ich sie an.

„Und dein Vater?"

„Der ist auf der Arbeit."

„So lange?"

„Ja, der wohnt in seinem Büro. Aber ich glaube, er hat eine Geliebte, die er trifft. Ist aber egal. Hauptsache, wir haben das Haus für uns."

Bevor jemand im Heim ans Telefon gehen kann, lege ich auf und schreibe eine Nachricht. Mir ist klar, dass diese Entscheidung Konsequenzen mit sich bringen wird, aber Mias Gesellschaft ist mir das wert.

Sie wohnt mit ihrem Vater in einem Haus am anderen Ende von Kittlitz. Gewaltige Hecken umsäumen das Gelände, sodass man von außen keinen Einblick gewinnen kann. Ich bin von den Socken, als ich das luxuriöse Ambiente betrachte. Bisher kannte ich das Haus nur von außen. Der riesige Pool im Garten hat es mir am meisten angetan.

„Ich wusste gar nicht, dass ihr reich seid", sage ich ehrfurchtsvoll.

Mia kichert.

„Mein Dad arbeitet in der Chefetage der Bank. Komm, der ist beheizt. Gehen wir schwimmen. Du kannst die Unterhose anlassen."

„Okay."

Wir verlieren keine Zeit und springen in Unterwäsche ins Wasser. Es ist ewig her, seit ich das letzte Mal schwimmen war. Wir bleiben bis in die Nacht im Wasser. Die Beleuchtung des Pools ist der Hammer. Ich fühle mich wie im Urlaub am Mittelmeer, während ich mit Mia so viel Spaß habe wie schon lange nicht mehr.

Danach bestellen wir uns eine Pizza und legen uns auf die Wiese. Mia kuschelt sich an, weil ihr kalt ist.

„Bekommst du morgen großen Ärger?"

„Bestimmt."

„Hast du gar keine Angst?"

„Du kanntest meinen Vater nicht", sage ich und erinnere mich an den Streit, den wir unmittelbar vor seinem Tod hatten. Davon habe ich Mia nichts erzählt. Ich schreibe auch kein Tagebuch mehr, weil ich Angst habe, es könnte wieder in die falschen Hände geraten.

„Ihr hattet kein gutes Verhältnis, oder?"

Ich seufze.

„Doch, eigentlich schon. Wir haben beide Fußball geliebt und es ist seltsam, nie wieder mit ihm gemeinsam zu einem Spiel gehen zu können. Das Einzige, mit dem ich bei ihm nicht klar kam, war seine übertriebene Strenge und sein altmodisches Bild von einem Mann. Aber lass uns jetzt nicht länger von ihm reden. Es reicht, wenn Mama das immerzu macht."

Mia nickt und akzeptiert meinen Wunsch nach einem Themenwechsel. Besser wird das Neue aber auch nicht.

„Weißt du, dass Nele in der ersten Ferienwoche eine Party bei sich gibt?", fragt sie.

„Nein, das interessiert mich auch nicht wirklich."

„Sie hat mich eingeladen."

„Kennt ihr euch so gut?", frage ich verwirrt, da Mia überhaupt nicht die Sorte Mensch ist, mit der Nele sich in ihrem Freundeskreis umgibt.

„Wir sind befreundet, weißt du doch. Ich habe ihr erzählt, dass ich mich mit dir treffe, weil ich nicht wollte, dass sie es hinter dem Rücken erfährt."

„Das kann ihr egal sein. Ich bin nicht ihr Eigentum."

„Sei nicht gleich so bissig", sagt Mia und zwickt mich in die Seite. „Nele hat sich gefreut und gesagt, ich könnte dich gern zur Party mitbringen."

„Ich will da nicht hin." – ‚Was denkt Nele sich dabei?'

„Das ist schade. Ich dachte, du begleitest mich, allein um ihr zu zeigen, wie viel glücklicher du ohne sie bist."

„Und du denkst, dass ich das bin?", stänkere ich, aber Mia lässt sich nicht aus der Reserve locken, sondern küsst mich stattdessen. Mir wird ganz heiß. Erregt erwidere ich den Kuss und bin etwas zu stürmisch. Als ich Mia mit Zunge küssen will, weicht sie zurück. Ihr Gesicht ist ganz rot und sie wirkt nicht mehr so selbstbewusst wie zuvor.

„Lass uns nochmal schwimmen gehen", schlägt sie vor und ergreift die Flucht. Ich seufze geknickt und folge ihr mit etwas Abstand. Wieder im Wasser treibt sie in Unterwäsche auf dem Rücken und beobachtet die Sterne. Ich setze mich an den Rand, weil ich sie nicht stören will.

„Was denkst du von mir?", fragt Mia plötzlich.

„Wie-Wie meinst du das?"

„Ich will wissen, wie du über mich denkst. Magst du mich?"

„J-Ja, klar."

„Was hat deine Mama gemeint, als sie sagte, dass dein Vater sich freut, weil du dich für ein Mädchen entschieden hast?"

„Sie ist verrückt. Das habe ich dir doch erklärt."

„Bist du schwul?"

„N-Nein! Wie kommst du auf die Idee? Ich war mit Nele zusammen."

„Und auch mit diesem Silas, nicht wahr?"

„N-Nein. Wir waren nicht zusammen."

„Ich will etwas testen, bevor ich dir glaube und mich weiter auf dich einlasse", sagt sie, verlässt die entspannte Rückenlage und kommt zu mir geschwommen. Sie klettert aus dem Pool. Ich soll ihr folgen.

„Ich will deine Reaktion beobachten", sagt Mia, als wir uns gegenüberstehen.

„Auf was?"

„Die hier." Sie öffnet ihren BH und zieht ihn aus. Ich kann ihre nackten Brüste sehen, die fest nach vorn stehen. Mir wird ganz anders. Ich kann den Blick nicht von ihr nehmen. Warum? Neles Brust hat mich nie interessiert. Warum jetzt also Mias?

„Du bist erregt", stellt sie fest. „Ganz anders, als Nele erzählt hat."

„Sie hat es erzählt ..." Ich spüre die Übelkeit in mir aufsteigen.

„Das muss dir nicht peinlich sein", meint Mia. „Ich hab es dir bei unserem ersten Date doch schon gesagt. Du bist kein Typ, bei dem ohne Gefühle was geht. Für Nele hast du offensichtlich anders empfunden, als für mich. Das gefällt mir." Sie zieht sich wieder an und springt zurück ins Wasser. „Komm rein. Ich will nicht alleine schwimmen."

Fassungslos lasse ich mich ins Wasser gleiten. Zögernd schwimme ich zu Mia in die Mitte des Pools.

„Du bist ein komisches Mädchen", sage ich ehrlich.

Sie streitet es nicht ab.

„Ich war mit einem Jungen zusammen, der mit mir geschlafen und mich danach fallen gelassen hat. Ich mache nicht noch einmal denselben Fehler, deswegen entschuldige bitte, dass ich vorsichtig bin."

‚Sie holt ihre Brüste raus und bezeichnet sich als *vorsichtig*?'

Mia seufzt.

„Ich will nicht, dass ich mich in dich verliebe und herausfinden muss, dass ich nur ein Alibi für dich bin."

„Du bist kein Alibi. Das passiert mir kein zweites Mal."

„Das freut mich. Bist du jetzt auch ehrlich und bestätigst, dass du mit dem großen Blonden was hattest?"

„Ja."

„Also bist du bi?"

„Weiß ich nicht."

„Okay. Es gibt also Hoffnung für uns."

„D-Das macht dir nichts aus? Findest du das nicht verrückt?"

Sie sieht mich verwirrt an.

„Warum sollte ich das verrückt finden? Ich habe Nele auch schon mal geküsst, weil ich wissen wollte, wie es sich anfühlt."

„I-Ihr habt euch geküsst?!", rufe ich vielleicht etwas zu laut.

Mia winkt ab.

„Da ist doch nichts dabei. Oder macht dich das an?" Sie grinst und fängt an, ihre Brüste zu kneten. „Die haben wir beim Küssen ganz fest zusammengedrückt, weil sie sonst im Weg gewesen wären."

Ich glaube, das Wasser um mich herum fängt gleich an zu kochen. Doch es kühlt sofort ab, als Mia zu lachen beginnt. Sie lässt von ihren Brüsten ab und stupst mir gegen die Nase.

„Reingelegt", sagt sie.

„Du bist fies", knurre ich beleidigt, aber habe nicht viel Zeit, Mia böse zu sein. Sie schnappt meine Hand und zieht mich unter Wasser. Wir tauchen ab und sie küsst mich. Ihre Haare schwimmen dabei um mich herum, sodass ich gar nichts mehr erkennen kann. Muss ich auch nicht. Ihre Lippen reichen mir, um mich im Augenblick zu verlieren und ihr alles zu verzeihen.

KAPITEL 14

Mein nächtlicher Ausflug handelt mir wie erwartet großen Ärger mit meinen Betreuern ein, jedoch können mir ihre Strafen recht bald egal sein. Mama wird pünktlich mit Beginn der Sommerferien aus dem Krankenhaus entlassen. Ich freue mich riesig, als ich endlich meine Koffer packen kann und nach Hause darf.

Die Ausgehsperre wird damit hinfällig. Mein richtiges Zimmer kann ich Mia auch endlich zeigen. Sie freut sich über die Einladung, aber lehnt ab, weil heute Neles Party stattfindet.

„Du willst da echt hin?", frage ich, als wir uns auf ein Eis in der Stadt verabredet haben.

Mia nickt.

„Ja, ich habe mir extra ein todschickes Kleid dafür gekauft."

„Das kannst du auch so anziehen."

Sie kichert.

„Hast du Schiss, Nele zu begegnen?"

Ich denke kurz darüber nach, bevor ich den Kopf schüttle.

„Nein, sie war bei Papas Beerdigung. In der Schule laufen wir uns auch über den Weg. Ich kann nur einfach die Leute nicht leiden, mit denen sie sich umgibt."

„Also mich?", witzelt Mia.

„Nein, ich rede von den Typen, die die ganze Zeit saufen, rumblödeln und so tanzen, als wären ihre Eier so dick, dass sie die Beine nicht zusammenkriegen."

Mia fängt lauthals an zu lachen und ich muss selbst über meine Beschreibung schmunzeln.

„Da Nele dich wegen so einem *Dickeitänzer* verlassen hat, gebe ich mal nicht so viel auf deine negative Bewertung", kichert sie und hebt die Laune.

„Der ist mir egal. Ich war nicht in Nele verliebt. Wenn sie mit ihm glücklicher ist, ist das okay."

„Solche erwachsenen Töne aus dem Mund von jemandem, der Neles Freunde gerade noch wegen ihrer breithodigen Tanzgebärden kritisierte."

„Breithodig? Das ist ja noch besser als Dickeitänzer."

Der Humor ist auf unserer Seite und letzten Endes schafft es Mia, mich umzustimmen. Ich begleite sie auf die Party, aber nur, um mit ihr über Neles Freunde abzulästern.

Mama steht in der Küche, als ich nach dem Treffen mit Mia nach Hause komme, um mich für die Party fertigzumachen.

„Du kochst? Ich habe dir doch geschrieben, dass ich heute Abend auswärts esse. Hast du das gar nicht gelesen?", frage ich.

Mama summt glücklich ein Lied, während sie wie früher beschwingt die Herdplatten zum Glühen bringt. Meine Laune hebt sich gewaltig, als ich sie beobachte.

„Ich weiß, dass du dich mit Schneewittchen triffst."

Ich rolle mit den Augen.

„Sie heißt Mia."

„Aber sie ist so schön wie Schneewittchen."

Glücklich wendet sie das Jägerschnitzel in der Pfanne.

„Das riecht echt lecker. Vielleicht esse ich doch noch schnell was, bevor ich los muss", überlege ich laut, aber Mama ist dagegen.

„Nichts da. Das ist für Papa, wenn er von der Arbeit kommt."

Hinfort ist meine Freude über Mamas gute Form. Ich lasse das Essen sein und verkrieche mich in mein Zimmer. Traurig sehe ich ein altes Foto von uns an. Mir kommen die Tränen. Ich vermisse Papa, auch wenn wir uns viel zu oft gestritten und zuletzt den großen Krach hatten. Tief in mir weiß ich, dass er mich geliebt hat, so wie ich ihn. Er konnte es nur schlecht zeigen.

„Bitte Papa, wenn du wirklich noch mit Mama reden kannst, sag ihr, dass sie dich endlich loslassen muss und wieder glücklich werden soll", flüstere ich und wische die Tränen weg, bevor ich auf der Party zu verheult aussehe.

Wir treffen uns bei Neles Haus und ich mache Mia ein Kompliment wegen ihres hübschen Kleides. Sie wird ganz rot und winkt ab.

„Du machst mich verlegen", sagt sie und nimmt meine Hand. „Los, lass uns reingehen. Ich will endlich über die *Breithoden* lästern."

Drinnen steppt der Bär, wie man so schön sagt. Neles Eltern werden ausrasten, wenn sie das Chaos sehen, aber das kann mir egal sein, schließlich habe ich mit ihr nichts mehr am Hut. Aus Gründen der Höflichkeit begrüße ich sie zwar und danke für die Einladung, aber weitere Unterhaltungen fallen flach. Stattdessen ziehe ich mich mit Mia und einer Schüssel Chips zurück und wir beobachten die anderen beim Tanzen.

„Da hinten ist ein Exemplar der Marke *Dickeitänzer*", witzelt Mia und zeigt in die Richtung von Neles neuem Freund. Die beiden tanzen zusammen und er hüpft breitbeinig vor ihr herum, um seine maskuline Art auszuleben.

„Bimbo beim Balztanz", kommentiere ich und bin mir sicher, dass er zu Nele wesentlich besser passt als ich. Der hat sicher keine Erektionsprobleme, wenn sie nackt unter ihm liegt, weil er sich nach Sex mit Männern sehnt.

Mia nimmt plötzlich meine Hand.

„Los, wir zeigen denen, wie man richtig tanzt!"

„N-Nein, ich kann das nicht."

„Jetzt hab dich nicht so."

„Ist mein Ernst", sage ich und wehre sie ab.

Mia überlegt für einen Moment und verschwindet.

„Warte, bin gleich zurück", sagt sie.

Ich sehe ihr schweigend nach und stelle die Chipsschüssel beiseite.

‚Ich hätte zu Hause bleiben sollen', denke ich, weil ich wieder allein auf einer von Neles Partys gelandet bin. Aber Mia hält Wort. Sie kommt nach ein paar Minuten zurück und versucht mich erneut aus meiner ruhigen Ecke wegzukriegen.

„Ich kann nicht tanzen, Mia. Lass es bitte. Vielleicht findest du auch einen Breithoden, der dir diesen Wunsch erfüllt."

„Hör auf, so einen Mist zu reden und komm mit in den Garten", verlangt sie und zerrt mich aus meiner Ecke.

Draußen ist es bereits dunkel. Der Krach von der Party dringt über die Terrasse.

„Was wollen wir hier?", frage ich verwirrt.

Mia schmunzelt, zückt ihr Handy und startet den Song, der sie in letzter Zeit nicht mehr loslässt. Ich kenne ihn schon auswendig, weil sie ihn rauf und runter hört.

Sie legt ihre Hände auf meine Schultern und bewegt sich langsam zur Musik.

„Jetzt steh nicht wie eine Salzsäule da, sondern leg deine Hände an meine Hüften und beweg dich mit mir zusammen." Sie lässt keine Widerworte zu.

Genervt komme ich ihrer Bitte nach. Das bisschen Schwanken ist nicht schwer und macht Mia eine Freude. Ich springe über meinen Schatten. Wir tanzen zusammen, bis das Lied vorbei ist. Glücklich lächelt sie mich an.

„Siehst du? Du hast keinen Stock im Arsch."

„Hab ich das behauptet?", lache ich.

„Komm, wir tanzen nochmal."

„Wenn's sein muss."

„Muss es."

Mia startet ein neues Lied und wir tanzen weiter, bis es Zeit wird nach Hause zu gehen.

Ich bringe sie und will mich verabschieden, aber Mia möchte, dass ich mit reinkomme. Sie küsst mich und nimmt anschließend meine Hand.

„Dein Papa ist nicht da und lauert mit der Schrotflinte?", witzle ich und stecke Mia mit meinem Lachen an. Sie schüttelt den Kopf und erklärt, dass er wieder auf der „Arbeit", also bei seiner Geliebten, ist.

„Okay, dann komme ich mit rein."

Mia plündert den Kühlschrank, bevor wir es uns in ihrem Zimmer gemütlich machen. Wir fläzen uns in die Sitzsäcke und essen die Snacks. Nebenbei hören wir laut Musik und lassen Neles Party Revue passieren. Aber irgendwann kommt die Müdigkeit und wir beschließen, schlafen zu gehen.

„Soll ich auf dem Boden schlafen?", frage ich, weil ich nicht zu aufdringlich sein will.

Mia überlegt.

„Hm, draußen im Schuppen wäre mir lieber." Sie lacht. „Unsinn! Solange du dein Ding in deiner Hose lässt, darfst du mit in meinem Bett schlafen."

„Danke."

Gehorsam lege ich mich mit Abstand neben sie. Sie schaltet das Licht aus. Ich schließe die Augen und bete, in ihrem Bett keinen Albtraum zu haben, bei dem ich schreiend aufwache, bis Mia mich plötzlich anspricht.

„Gegen kuscheln habe ich nichts", flüstert sie.

„O-Okay."

Löffelchen ist angesagt. Ich schnuppere dabei an ihren tollen Haaren. Sie riechen nach Kokosnuss. Das gefällt mir.

Mia kichert, als sie bemerkt, was ich treibe.

„Bist du Haarfetischist?"

„D-Du hast halt schöne Haare", sage ich beschämt.

Sie dreht sich zu mir herum und sieht mich an. Ich kann ihr Gesicht nur durch das spärliche Licht der Laterne erkennen, das durch das Fenster scheint.

„Was magst du noch an mir?"

„Seit wann stehst du auf Schleimer?"

Sie lacht.

„Okay, du hast Recht. Das war eine dumme Frage."

Ich küsse sie auf die Stirn.

„Ich mag alles an dir", sage ich ehrlich und könnte schwören, sie ist deswegen gerade rot geworden.

Verlegen dreht sie mir den Rücken zu.

„Schlaf jetzt, *Milo!* Ich vergesse sonst noch meine Prinzipien, wenn du weiter so süß zu mir bist."

Die Nacht bei Mia endet wie sonst auch, nur heftiger: Ich wache schweißgebadet auf und spüre eine schreckliche Angst, die mir die Luft nimmt. In meinem Traum ist mir die böse Stimme erschienen. Sie sagte, dass ich das Wichtigste verlieren werde, was ich glaube zu besitzen. Beinahe zeitgleich tauchte ein Bild meiner Mama in meinen Gedanken auf, weshalb ich voller Furcht aufwache und eigentlich sofort nach Hause rennen will.

Als ich mich jedoch in Mias Zimmer wiederfinde und die erste Panik abgeklungen ist, beruhigt sich mein Atem. Ich kann klarer denken und finde mich damit ab, nicht mal in ihrem Bett von dem Psychoterror verschont zu bleiben.

Schweigend beobachte ich Mia beim Schlafen. Sie hat nichts von meinem Albtraum bemerkt und schnarcht auf dem Rücken liegend vor sich hin. Ihr hängt eine Haarsträhne im Gesicht, die ich vorsichtig greife. In Gedanken versunken drehe ich sie zwischen meinen Fingern und merke nicht, dass ich Mia dabei aufwecke.

„Bist du pervers?", fragt sie und ich falle fast aus dem Bett. Sie setzt sich aufrecht hin und gähnt.

„Wie lange knetest du schon meine Haare, Mio?"

„Ich-Ich habe gar nicht- …"

„Dein Ding ist noch in deiner Hose, also alles gut."

Mia legt sich auf die Seite und dreht mir ihren Rücken zu. „Lass uns weiterschlafen", sagt sie müde und ist kurze Zeit darauf wieder im Land der Träume.

Ich seufze.

‚Ich kann froh sein, dass Mia auch ein Freak ist. Jedes andere Mädel hätte mich längst hochkant rausgeworfen.'

Einschlafen kann ich wie immer nicht mehr nach dem Albtraum, aber wenigstens verschwindet die Sorge um Mama. Aber nur solange, bis ich daheim die Haustür aufschließe und alles ungewöhnlich ruhig ist. Mama ist nicht zu finden. Es liegt aber auch kein Zettel in der Küche, dass sie unterwegs ist. Dafür steht der Teller mit Papas

Essen auf der Anrichte. Das schöne Jägerschnitzel gammelt unangetastet vor sich hin. Ich unterlasse es jedoch, das Essen wegzuwerfen. Mama soll nicht wieder wütend werden.

Ich suche weiter nach ihr. Letztlich bleibt nur das Schlafzimmer, wo sie noch sein kann, da ich alle anderen Räume abgesucht habe. Hätte ich den Traum nicht gehabt, würde ich sie vielleicht nicht beim Schlafen stören, aber meine Angst bringt mich sonst um.

Leise drücke ich den Türgriff nach unten und verschaffe mir Zutritt zum Schlafzimmer meiner Eltern. Das Rollo ist unten, sodass ich schlecht erkennen kann, wo Mama ist. Aber als sich meine Augen an die Lichtverhältnisse gewöhnt haben, entdecke ich sie auf ihrer Bettseite. Sie liegt regungslos da. Mit pochendem Herzen trete ich an sie heran.

‚Was mach ich denn? Ich will sie doch eigentlich gar nicht wecken.' Ich stehe direkt vor ihr und bete, dass sie den Kopf hebt und mich verschlafen fragt, ob schon Morgen ist. Doch sie fragt mich nicht. Unruhig rufe ich Mamas Namen. „Wach auf", füge ich hinzu, aber auch jetzt: keine Reaktion.

Meine Nerven sind zum Zerreißen gespannt. Ich habe Angst. Hektisch schüttle ich Mamas Arm und schrecke zurück, als ich merke, dass sie steif und kalt ist. Mir wird ganz schlecht. Ich breche zusammen.

‚Jetzt hast du nichts mehr, Key. Ich habe dir alles weggenommen, was du aufrichtig geliebt hast. Nun gehörst du mir!', tönt die Stimme und ich spüre in dem Moment, wie mein Herz zerbricht.

Mamas Beerdigung ist die Hölle. Nicht nur die Zeit davor, sondern auch die danach kostet mich meine ganze Kraft. Ich vermisse sie so sehr, dass ich kaum noch etwas esse und mich nur selten aus dem Bett bewege.

Ich kapsle mich zunehmend von meiner Außenwelt ab. Es ist wohl mein Glück, dass Mia hartnäckig bleibt und sich nicht von mir ignorieren lässt. Auch heute kommt sie mich in der Kinder- und Jugendpsychiatrie besuchen. Ich wurde eingewiesen, weil die Ärzte der Meinung sind, ich bin suzidgefährdet.

Die Sonne scheint aus voller Kraft, jedoch kommt ihre Energie nicht bei mir an. Ich sitze stumm neben Mia auf einer Bank und starre Löcher in die Luft. Irgendwann lehnt sie sich an mich und ich fühle ihre weichen Haare an meiner Wange, die mich kurzzeitig aus der Lähmung reißen. Auf einmal höre ich ihre Stimme. Sie singt und treibt mir vor Rührung die Tränen in die Augen. Ich fange an aus tiefstem Herzen zu schluchzen. Auch Mias Stimme zittert. Sie muss aufhören zu singen, weil sie weint. Wir nehmen uns in den Arm.

„Es tut mir so leid, Mio."

Wir halten uns lange fest. Ich habe schon oft nach Mamas Tod geweint, aber Mias mitfühlende Art hat mir den Rest gegeben. Noch nie habe ich mich so leer und einsam wie jetzt gefühlt.

„Es wird besser", verspricht Mia mit erstickter Stimme. Sie nimmt meine Hand und hält sie fest. „Es dauert, aber es wird."

„Sie kommt nie wieder", presse ich heraus und hole tief Luft. Die Tränen fließen weiter.

„Warum?", schluchze ich. „Warum hat sie diese verdammten Tabletten genommen und mich allein gelassen?!"

Mama hat einen Abschiedsbrief geschrieben. Ich wollte ihn nicht lesen, aber die Psychologin, die mich seit Mamas Tod betreut, hat es mir empfohlen. Ich las ihn in ihrem Beisein und erinnere mich genau an Mamas Worte. Sie schrieb, dass sie Papa nicht allein lassen kann und unbedingt zu ihm gehen muss.

„Deine Mama war krank." Mia wischt sich über die Augen. „Sie hat das nicht getan um dich zu verletzen."

Ich ergebe mich erneut meinem Kummer. Bis ich mich wieder im Griff habe, wird es bereits dunkel. Mia begleitet mich zurück in mein Zimmer. Sie küsst mich, bevor sie geht. Ich empfinde nichts dabei. Das scheint sie zu spüren, denn sie verlässt mich heute zum ersten Mal ohne ihr typisch fröhliches Lächeln.

In der Nacht habe ich einen seltsamen Traum. Ich bin in einem dunklen Raum und kann meine Hand nicht vor den Augen sehen. Es ist kalt und ich habe Angst. Plötzlich erscheint ein Licht in der Finsternis und ich höre wieder die warme Stimme der jungen Frau, die mir schon einmal im Traum erschienen ist.

„Du musst keine Angst haben. Ich werde bis in alle Ewigkeit an deiner Seite sein", sagt sie, während das Licht auf mich zukommt. Es nimmt die Gestalt eines Mädchens an, sodass ich glaube, dass sie die Besitzerin der Stimme ist.

„Mio, das nächste Jahr wird schwer. Ich wünschte, ich könnte es dir ersparen, aber leider liegt das nicht in meiner Macht. Aber ich will, dass du weißt, dass ich dich nicht allein lassen werde."

„Wer bist du?"

Das Licht-Mädchen nimmt mich in den Arm. Sie fühlt sich unglaublich warm und vertraut an.

„Bist du meine Mama?"

„Nein, ich bin deine Freundin."

„Wie heißt du?"

„Es ist besser, wenn du meinen Namen noch nicht kennst. Ich verrate ihn dir, sobald die Zeit reif ist."

Sie lässt von mir ab.

„Werden die Monster mich töten?"

„Nein. Sie werden es nicht sein, die dich töten."

„Wer dann?"

„Wir."

Kurz schweige ich, bevor ich die nächste Frage stelle.

„Sehe ich danach meine Eltern wieder?"

„Leider nicht. Aber ich verspreche dir, dass dein Tod nicht umsonst sein wird."

Ich lasse den Kopf hängen.

„Warum? Warum darf ich sie nicht wiedersehen?"

„Weil in dir eine Macht schläft, die deine Seele niemals sterben lässt."

„Was soll das bedeuten?"

„Das erfährst du, wenn es soweit ist." Sie wird mit jedem Wort leiser. Das Licht wird dunkler, bis es in der Finsternis verblasst.

Die Worte des Mädchens verändern mich. Ich denke sehr lange über den Traum nach und bin verwirrt, weil ich keine Angst mehr vor dem Tod habe. Trotzdem bleibt ein Funken Ungewissheit zurück, weshalb ich ein paar Tage später Mia bei ihrem nächsten Besuch in abgeschwächter Form davon erzähle. Sie grübelt über die Bedeutung und liest sich online in das Thema ein.

„Das ist vielleicht ein Zeichen für einen Neuanfang", schlussfolgert sie nach ihren Recherchen.

Ich bin skeptisch.

„Vielleicht wollte dir dein Unterbewusstsein Mut machen, nach vorne zu sehen."

„Kann sein."

„Was es auch bedeuten mag, du führst heute seit einer gefühlten Ewigkeit die erste richtige Unterhaltung mit mir. Das macht mich glücklich."

Verlegen sehe ich sie an.

„Es-Es tut mir leid, dass ich in letzter Zeit so schlecht drauf bin."

„Wer wäre das nicht." Sie lehnt sich an mich. Langsam fühle ich wieder etwas, wenn sie bei mir ist.

So geht mein Leben weiter. Ich lerne allmählich die Gegenwart zu akzeptieren, bis ich nach meinem fünfzehnten Geburtstag im Herbst mit einem fremden älteren Herren konfrontiert werde, der behauptet, mein Großvater väterlicherseits zu sein. Angeblich lebt er in Amerika und erfuhr erst vor Kurzem von Papas Tod. Als er nach Deutschland kam, um das Grab zu besuchen, erzählte ihm der Friedhofswärter von mir. Nach kurzer Suche fand Niklas mich und will nun, dass ich zu ihm ziehe.

Ich bin mit der plötzlichen Wende überfordert. Der alte Mann mit den tiefen Falten im Gesicht ist mir fremd. Ich kann mir nicht vorstellen, bei ihm zu leben – schon gar nicht in Amerika. Meine Betreuer sehen das jedoch anders. Sie raten mir, ihn zu begleiten, da mich ihrer Meinung nach außer schlechter Erinnerungen nichts mehr in meiner Heimat hält. Ihre Entscheidung hat so viel Gewicht, dass das Jugendamt ihnen zustimmt und mein Schicksal besiegelt. Ich werde umgehend zu dem Fremden nach Amerika ziehen.

Ich habe große Angst, es Mia zu sagen. Ich versuche mich zusammenzureißen, als sie mich heute wohl zum letzten Mal besuchen kommt. Im Chat habe ich sie vorgewarnt, doch ihr jetzt Aug in Aug gegenüber zu stehen, ist etwas völlig anderes. Am Ende liegen wir uns heulend in den Armen.

„Ich werde dich vermissen, Mio. Aber ich weiß, dass du gehen musst."

„Ich schaffe das niemals. Ich kann doch nicht mal die Sprache."

„Du wirst es schaffen." Sie gibt mir einen zaghaften Kuss. „Wenn du zurückkommst, kannst du wieder so glücklich lächeln wie vorher und wir machen da weiter, wo wir jetzt aufhören."

„Du wartest auf mich?"

„Ja."

Wir schmiegen uns eng aneinander. Ich habe wieder den herrlichen Duft ihrer Haare in der Nase. Es ist mir unmöglich, mir vorzustellen, dass ich sie mindestens die nächsten drei Jahre nicht um mich haben werde. Das versetzt mir einen tiefen Stich. Ich bin wütend, weil sich die Behörden für den Willen meines angeblichen Großvaters entschieden haben. Meiner Meinung nach hat das nichts mit meinem Wohl zu tun. Ich habe alles verloren, außer meiner Heimat und Mia. Mit ihrer Entscheidung nehmen sie mir das jetzt auch noch. Wenn ich nicht schnell an etwas anderes denke, muss ich wieder heulen.

Nach dem Abschied von Mia erwartet mich Niklas in der Psychiatrie. Er steht neben dem Koffer, den ich heute Morgen bereits packen musste, im Aufenthaltsraum.

„Bist du bereit?"

Ich schüttle den Kopf. Er klopft mir aufmunternd auf die Schulter.

„Aller Anfang ist schwer."

Keine zwei Stunden später sitze ich neben ihm im Flieger auf dem Weg von Frankfurt nach New York.

„In New York beginnt dein neues Leben. Der Anfang vom Ende, wenn man es so sagen will." Er grinst mich breit an. Ich finde seinen Witz nicht komisch. Mir geht alles zu schnell. Geknickt lasse ich den Blick aus dem Fenster gleiten. Da es dunkel ist, sehe ich nicht wirklich etwas.

„Wer kümmert sich um Mamas und Papas Grab?", frage ich Niklas irgendwann.

„Das Personal vom Friedhof. Ich überweise ihnen monatlich eine Summe."

„Danke."

„Für die Familie tut man alles."

Seine Worte lösen in mir tiefe Zweifel aus. Ich weiß von meinen Eltern, dass meine Großeltern sich einen Dreck um unser Wohl geschert haben. Jetzt tut er so, als würde unser Schiksal ihn schon immer interessiert haben. Ich kann nur hoffen, dass er die Wahrheit sagt und die Familienfehde nur auf einem bedauerlichen Missverständnis beruht.

KAPITEL 15

New York ist eine überwältigende Stadt. Ich fühle mich als Dörfler sehr deplatziert und kann mit den ganzen Lichtern und dem Krach wenig anfangen. Hätte ich Niklas nicht, wäre ich völlig verloren. Ein Glück, dass er sich auskennt und uns ein Taxi besorgt, das uns vom Flughafen zu seiner Kneipe bringt.

„Gefällt dir New York?", fragt er während der Fahrt.

„Es ist riesig."

Wir erreichen das Haus seines Bruders, in dem sich gleichzeitig die Kneipe befindet. Es liegt abseits der Stadt in totaler Einöde und macht einen unheimlichen Eindruck auf mich. Bei näherem Hinsehen erkenne ich ein Schild über dem Eingang. *Malums Place* steht darauf geschrieben.

‚Hier kommen echt Leute zum Feiern her?'

Drinnen ist es düster, weil es kaum Fenster gibt und die Decke sehr niedrig ist. Mir wird ganz schlecht, wenn ich daran denke, hier zukünftig zu wohnen. Ich hoffe darauf, dass die Zimmer in der oberen Etage gemütlicher sind.

„Deinen Koffer kannst du hier abstellen", sagt Niklas und zeigt neben die Kellertreppe. Als die Aufgabe erledigt ist, packt Niklas barsch meinen Arm. Er will, dass ich ihn in den Raum, der gegenüber der Kellertreppe gelegen ist, begleite. Mich trifft fast der Schlag, als ich dort die schwarzen Wände sehe. Die Fenster sind verrammelt und auf dem Boden steht mittig ein einzelner Stuhl. Das Ambiente erinnert an einen Horrorfilm.

„Setz dich!" Niklas schubst mich Richtung Stuhl.

Ich hab Schiss. Wenn das ein Scherz sein soll, dann ein echt schlechter. Ich will zurück zur Tür, aber das verhindert der alte Sack. Seine Hände packen mich und zerren mich erbarmungslos mit. Ich bin überrascht, wie stark er ist.

„Lass mich los!" Das ist definitv kein Spaß mehr. Ich habe Panik. Irgendwie versuche ich mich aus seinem Griff zu befreien. Einen kurzen Moment will es mir gelingen, jedoch bekommt er mich wieder zu fassen, bevor ich nach draußen gelangen kann. Niklas boxt mir mit Schwung in den Bauch. Ich bekomme kurz keine Luft und krümme mich unter Schmerzen zusammen. Er nutzt die Gelegenheit und versucht mich wieder auf den Stuhl zu zwingen. Ich wehre mich, bis ich plötzlich zwei weitere Hände an meinem Körper spüre, die mich von hinten packen. Ich fühle, wie mir die Farbe aus dem Gesicht weicht. Aus dem Augenwinkel heraus erkenne ich einen Mann. Er hat ein kantiges Gesicht mit stahlblauen Augen, die mich fixieren. Er hilft Niklas, mich auf den Stuhl zu setzen. Sie schnallen mich fest. Wie ein Irrer reiße ich an den Fesseln, bis ich einsehen muss, nicht mehr wegzukommen. Ich sitze in der Falle.

Niklas wischt sich den Schweiß von der Stirn. Der andere Typ schiebt kommentarlos die Ärmel seines dunklen Pullis hoch.

„Du bist schlecht in Form, Albrecht. Die halbe Portion hat dich zu lange aufgehalten", sagt er zu Niklas.

Mir bleibt fast das Herz stehen, als ich seine Stimme aus meinen Albträumen wiedererkenne.

„Wir haben ihn, Pirk! Fang mit der Arbeit an", knurrt mein angeblicher Großvater, bevor er auf mich zukommt. Ich sauge erschrocken die Luft ein, doch plötzlich legt Pirk seine Hand auf Niklas' Schulter, woraufhin er stehen bleibt.

„Gemach, gemach, kleiner Bruder." Der mit den stahlblauen Augen starrt mich an. Blitzschnell packt er meine Haare, um an ihnen meinen Kopf in den Nacken zu reißen. Ich atme hektisch. Meine Finger krallen sich in die Seitenlehnen des Stuhls. Ich habe wahnsinnige Angst. Es fehlt nicht viel, dann pinkle ich mir ein.

„Mein Name ist Pirk. Du weißt, ich bin dein Meister. Ich werde dir den Willen nehmen und dich zu meinem Schwert schmieden, damit du Malum nützlich wirst. Wir werden uns jetzt unterhalten. Wenn du brav antwortest, werde ich dich nicht bestrafen. Bist du bereit?"

Ich kann nicht antworten. Meine Stimme versagt. Ungeduldig gibt Pirk mir eine Ohrfeige, die meine Zunge lockert.

„Ich-Ich bin brav", winsle ich und kann kaum glauben, dass er mich geschlagen hat.

„Verrate mir, vor was du am meisten Angst hast."

‚Vor dir', geht es mir sofort durch den Kopf, aber ich traue mich nicht, ihm die Wahrheit zu sagen. Zu schweigen ist aber auch falsch. Er schlägt mich erneut ins Gesicht und zerrt meinen Kopf zurück in den Nacken, um mir aus nächster Nähe in die Augen starren zu können.

„Das ist kein Spiel. Wenn du mir nicht antwortest, werde ich dich solange *überzeugen*, bis du singst wie ein Vögelchen!" Sein spitzer Fingernagel fährt meine Kehle entlang, bevor er beide Hände um meinen Hals schlingt und zudrückt. Ich bekomme kaum noch Luft.

„Bitte nicht", krächze ich und spüre die Tränen.

Pirk lacht mich aus. Er tritt zurück. Seine Aufmerksamkeit gilt jetzt Niklas.

„Warte draußen. Ich kläre das allein."

Niklas verzieht das Gesicht.

„Gerade, wenns spannend wird."

Er schließt die Tür hinter sich. Ich bin mit seinem Bruder allein.

„Wir haben ein bisschen gezaubert, Emilio. *Niklas Marino* war tatsächlich der Vater des Mannes, der dich aufzog, aber er ist nicht mein Bruder. Wir borgten uns lediglich seine Identität, um dich zu uns zu holen. In Wahrheit heißt mein Bruder Albrecht. Aber genug der Formalitäten."

Pirk packt meinen Kopf. Er drückt auf meine Schläfen. Ich versuche mich zappelnd zu wehren, aber es ist zwecklos.

„Bring mich nicht um", schluchze ich verzweifelt, denn auf einmal ist sie wieder da: die Angst vor dem Sterben. Das Licht-Mädchen aus meinem Traum habe ich längst vergessen.

Pirk lässt meinen Kopf erst nach quälenden Sekunden los. Er streichelt mir über die Wange. Ich zucke zusammen, weil ich mit einem weiteren Schlag gerechnet habe.

„Ganz ruhig. Wenn du dich an dein Versprechen hältst, werde ich dir noch nicht wehtun."

‚Noch nicht?!' - Meine Angst erstickt meinen Verstand. Ich kann an nichts anderes als den Tod denken.

„Wovor hast du Angst?", wiederholt Pirk seine Frage.

„Ich will nicht sterben! Bitte, ich will nach Hause!", schreie ich unter Schock.

„Du fürchtest den Tod. So geht es allen Menschen. Damit allein kann ich jedoch nicht arbeiten. Wovor hast du außerdem Angst? Vielleicht vor mir?"

Ertappt starre ich ihn an.

„Du hast Angst vor mir", schlussfolgert er. „Das ist nur natürlich, schließlich habe ich dich in meiner Gewalt. Jedoch weiß ich, dass es noch etwas gibt, vor dem du dich fürchtest."

„Bitte lassen Sie mich gehen."

„Trotz deiner Lage bist du höflich. Dein Pseudo-Vater hat dich gut erzogen. Sicher hast du gelitten, als er starb. Und nur ein paar Monate danach stahl sich auch noch deine falsche Mutter aus dem Leben. Ein harter Schicksalsschlag jagt den nächsten."

Pirk tätschelt meine Haare und fährt ihre Längen nach. Ich fühle mich wie in den Händen eines Serienkillers aus einem Film.

„Deine Eltern zu verlieren hat dir sehr viel Kummer bereitet. Das ist verständlich. Obwohl sie nicht immer wussten, was in dir vorgeht, hast du sie dennoch aufrichtig geliebt. Was würdest du wohl sagen, wenn ich dir erzähle, dass diese beiden Menschen gar nicht deine Eltern waren? Ein weiterer Schock, oder? Ich sehe es in deinem Gesicht. Nicht zu wissen, wer du bist, ist auch eine deiner Ängste."

‚Der lügt! Er lügt mich an! Mama und Papa waren meine Eltern! Der will mir nur Angst machen – genau wie in den Träumen!'

„Aber da ist noch mehr. Es hat mit deinem alten Nachbarn zu tun. Erinnerst du dich an Herrn Frieße? Der Mann mit dem kaputten Rücken von nebenan? Du hast ihm als Kind oft geholfen", berichtet Pirk und raubt mir den Atem.

„Er ist tot", keuche ich und frage mich, woher der Typ das alles weiß.

„Ja, er hatte einen Herzinfarkt. Zumindest sagten das die Ärzte. Was würdest du behaupten? Immerhin warst du dabei, als es passierte. Starb Herr Frieße an einem Herzinfarkt?"

‚Oh Gott, wer ist das?!'

„Unzählige Fragen rattern gerade durch dein Gehirn - das sehe ich. Dein Kopf ist aber nicht zum Denken gemacht. Hier, ich helfe dir auf die Sprünge." Pirk greift in seine Hosentasche und hält mir eine Digitalkamera vor die Augen. Ich erkenne sie wieder. Es ist die, mit der mein Nachbar damals das Foto von mir auf seinem Bett gemacht hat.

„Dein Bild ist noch drauf. Und außerdem weitere Schnappschüsse, die dein Nachbar über die Zeit von dir gesammelt hat. Willst du sie sehen? Es gibt auch ein Video von dem Tag, an dem du halbnackt in seinem Bett lagst."

„Wer sind Sie? Was wollen Sie? Wie sind Sie in meinen Kopf gekommen?"

Pirk lächelt. Er wirkt, als habe er sehnsüchtig auf den Moment gewartet, dass ich Interesse an ihm zeige.

„Ich bin Malums Erster Diener. Meinen Familiennamen legte ich ab, als ich vor zweitausend Jahren von einem Schattenanwärter des Ur-Volkes zu einem auserwählten Schatten aufstieg. Seit dieser Zeit diene ich Meister Malum im Krieg gegen Fatum. Es ist meine Aufgabe, die Key-Seele zu einem Schatten zu wandeln, damit du für uns kämpfst."

„Ich kann nicht kämpfen!" - ‚Der Typ ist verrückt! Ich bin bei einem Psychopathen gelandet! Er wird mich umbringen! Solche Kerle beten doch den Teufel an! Er wird mich seinem Meister opfern! Gott, ich will so nicht sterben! Hilft mir doch jemand! Bitte!!!'

Pirk nimmt Haltung an, bevor er weiterspricht.

„Wir beenden jetzt die Vorstellrunde. Ich kenne deine größte Angst. Du hast sie bereits erlebt, als dein Nachbar sich an deinem jungen Körper zu schaffen machte."

„Lass mich gehen!"

„Hör auf zu jammern. Es gibt für dich kein Entkommen, dummer Junge. Ich werde dir deine Persönlichkeit nehmen. Stück für Stück zerstöre ich dich, bis nur noch eine leere Hülle übrig bleibt, die mir gehorcht. Ich werde dich das Hassen lehren, um dich zu einem von uns zu machen. Du wirst bis in alle Ewigkeit meine Puppe sein – ein wertloses Stück Fleisch, das keine Liebe verdient."

„Nein! Ich will nach Hause! Ich will nicht sterben!"

„Du wirst dir schon bald wünschen, niemals erschaffen worden zu sein, Key-Seele."

Sein zufriedenes Grinsen bis zu den Ohren brennt sich in mein Gedächtnis ein.

Pirk braucht nicht lange, um sein Vorhaben in die Tat umzusetzen. Er sperrt mich in den Keller des abgelegenen Hauses und legt mich an die Kette. Als ob das nicht genug wäre, kommt er jeden Tag, um mich zu schlagen. Ich muss irgendwann nur Schritte auf der Treppe hören, um mir vor Angst einzumachen. Doch damit nicht genug. Zum ersten Mal in meinem Leben muss ich Hungern. Es ist die Hölle. Ich bin nach kurzer Zeit soweit, alles zu tun, nur um wieder aus diesem unheimlichen Loch herauszukommen. An Mia und mein Leben vor Pirk denke ich kaum noch. Es erscheint mir wie ein weit entfernter Traum. Auch meine Erinnerungen an meine Kindheit leiden. Ich vergesse von Tag zu Tag mehr von dem was mich ausmacht, wer meine Eltern waren oder wie ich aufgewachsen bin. Es verliert sich alles in einem schwarzen Nebel, der immer größer wird und mich verschlingt.

Pirk betritt den Keller. Es ist etwas her, seit er mir das letzte Mal etwas zu essen und zu trinken gebracht hat. Mein Überlebensinstinkt hofft auf Nahrung, aber ich werde enttäuscht. Pirk kommt mit leeren Händen.

„Zieh dich aus."

Ich bewege mich nicht. Mein Körper ist vor Angst gelähmt. Er erwacht jedoch, als Pirk mir eine verpasst. Ich krieche soweit zurück, wie es die Länge der Kette um meinen Hals zulässt. Er kommt mir die wenigen Schritte nach und blickt herrschend auf mich hinab.

„Zieh dich aus", wiederholt er.

„M-Mir ist kalt", wimmere ich und bereue meine Widerworte sofort. Er schlägt mich bewusstlos. Als ich wieder zu mir komme, bin ich nackt und friere noch schlimmer als vorher.

Die Qual dauert an. Irgendwann steht das Scheusal wieder vor mir und grinst.

„Jetzt bist du bereit", sagt er und richtet seine Augen gen Decke. „Die Fluchschatten haben Witterung aufgenommen."
Ich starre ins Leere. Meine Magenschmerzen bringen mich bald um.

„Siehst du die Wesen dort oben? Das sind Fluchschatten. Sie gehören zu uns. Sie ernähren sich von Leid. Dein Kummer hat sie in die Menschenwelt gelockt. Sobald sie können, werden sie dich verschlingen. Sie fressen dich bei lebendigem Leib."

Pirk genießt meine Angst. Wenn seine Fluchschatten Leid fressen, so labt er sich an meiner Seele.

Als er meinen Kopf streichelt, erwache ich aus der Starre und zucke winselnd zusammen.

„Ich lasse nicht zu, dass die wertvolle Key-Seele vom Fußvolk gefressen wird. Mein Kamerad Tarek wird sich um dich kümmern. Er hält dir die Monster vom Leib", erklärt Pirk. Kurz darauf geht das Licht an und ein mir unbekannter Mann betritt den Keller. Er ist im Vergleich zu Albrecht und Pirk noch recht jung und macht einen skurrilen Eindruck, als er fröhlich pfeifend die Kellerstufen hinab in mein Verlies steigt.

Ich krieche so weit zurück, wie ich kann.

Pirk begrüßt den Fremden förmlich.

„Tarek, halte sie von ihm fern. Ich leite alles Weitere in die Wege. Es wird nicht mehr lange dauern."

„Jawohl!", sagt Tarek und salutiert amüsiert.

Pirk verzieht genervt das Gesicht und lässt uns allein. Ich starre den neuen Mann an. Er zieht seine Jacke aus und kommt auf mich zu.

„Bitte nicht", heule ich verzweifelt.

„Keine Angst." Er deckt mich mit seiner Jacke zu. Fassungslos sehe ich zu ihm auf. Er lächelt mich freundlich an. In seiner Hand hält er etwas zu Essen.

„Ist nicht vergiftet."

Mir ist es scheißegal, ob er das Brot vergiftet hat. Ich nehme es und verschlinge es gierig.

„Die waren nicht sehr nett zu dir, Mioleinchen. Zwar bin ich auch dafür, dass du einer von uns wirst, aber ich denke, das wäre auch anders gegangen. Naja, geschehen ist geschehen."

Tarek setzt sich neben mich und lehnt sich an die Wand. Ich traue mich kaum zu atmen, bis ich die Monster höre, auf die Pirk mich aufmerksam gemacht hat. Sie sind schon seit einer Weile da und bereiten sich auf ihre Mahlzeit vor. Manchmal zeigen sie sich mir. Ich habe sofort die Ähnlichkeit zu dem Monster erkannt, das mich bereits früher heimgesucht hat.

„Sie kommen", schluchze ich. Mein Körper ist bereits mit unzähligen Spuren ihrer Klauen überzogen.

„Die trauen sich nicht zu fressen, sitze ich, *Malums Wille*, als ein vollwertiger Schatten neben dem Hauptgang. Ich beschütze dich, Mioleinchen."

Tarek verbringt die restliche Zeit gemeinsam mit mir im Keller, damit die Fluchschatten mich nicht verschlingen, bevor Pirk verkünden kann, dass die Zeit reif ist.

„Der Blutmond hat die korrekte Position. Wir werden den Jungen nach Deutschland zurückbringen und auf der Lichtung beim Baum der Ewigkeit das Ritual vollziehen. Ich habe bereits Schattenanwärter zur Unterstützung zusammengetrommelt. Bring ihn in den Flieger. Albrecht kümmert sich um den Rest", befiehlt er und wirft Tarek den Schlüssel für meine Kette zu. Danach geht er.

Hoffnungsvoll sehe ich Tarek an. Im Vergleich zu Pirk scheint er noch ein Herz zu besitzen.

„Bitte lass mich entkommen."

Er lacht amüsiert.

„Du hast eine Fantasie. Ehrlich, Mioleinchen. Dein ganzes Leben lang arbeiten wir auf diesen Moment hin. Glaubst du echt, ich würde sechzehn Jahre opfern?"

„Sechzehn? Ein Jahr bin ich schon hier?"

„Im Vergleich zu den restlichen Fünfzehn, die wir dich bereits beobachten, waren die paar Monate doch ein Witz."

„Ihr habt mich beobachtet?"

Tarek grinst und fährt sich durchs schwarze Haar.

„Denk doch nach, Mioleinchen. Woher hat Pirk sein Wissen über dein Leben? Na, egal. Ich bind dich los und dann schaffe ich dich zu Albrecht in den Heli. Der wird schon hinter dem Haus gelandet sein."

„Bitte mach das nicht! Hilf mir! Du bist nicht so böse wie die Brüder."

„Bist du dir sicher?" Er befreit mich von der Kette. Ich fühle mich ganz seltsam. Fast ein Jahr musste ich mit dem Gewicht der Fessel um meinen Hals leben und in binnen weniger Sekunden ist die Last wie durch Zauberhand auf einmal verschwunden. Aber frei bin ich trotzdem nicht.

„Ich erzähle dir im Schnelldurchlauf, was wir getan haben, um dich in die Finger zu bekommen. Mal sehen, ob du am Ende immer noch denkst, ich wäre netter als Pirk und Albrecht."

„Bitte, bitte lass mich gehen!"

Tarek ignoriert mein Betteln.

„Pirk erkannte kurz nach deiner Geburt, dass in dir eine von Zodans auserwählten Key-Seelen schlummert, mit deren Macht wir den Krieg gegen Fatum gewinnen können. Er heftete sich an deine Fersen und vergiftete deine Seele. Er sorgte dafür, dass du alles verlierst, um den Hass in dir zu nähren. Ich zum Beispiel war der Typ, der deinen Vater erschoss. Unser Phantom-Schatten kümmerte sich um deine Mutter. Er nahm die Gestalt deines Vaters an und ergriff Besitz von ihrem Verstand, bis sie sich in ihrer Verzweiflung das Leben nahm."

Ich begreife nicht, was er von sich gibt. Die letzten Monate hatte ich völlig vergessen, dass ich mal ein Leben außerhalb dieses Kellers geführt hatte und jetzt auf einmal redet Tarek von meinen Eltern, die wegen mir ermordet worden sind.

Er wischt mir die Tränen aus dem Gesicht, die sich ihren Weg nach draußen gebahnt haben.

„Lass es sacken, Mioleinchen. Es ist leichter ein Leben lang einer Lüge zu glauben, als sich einzugestehen, ein Leben lang belogen worden zu sein."

Tarek zerrt mich auf die Beine. Sie knicken mir weg, weil mein Körper so schwach ist. Notgedrungen hilft er mir beim Gehen, damit wir den Helikopter hinter dem Haus auf der großen Wiese erreichen. Über den Himmel, den ich so viele Monate nicht mehr sehen durfte, kann ich mich gar nicht wirklich freuen.

Im Heli geben sie mir eine Spritze, durch deren Inhalt ich das Bewusstsein verliere.

Als ich wieder zu mir komme, bin ich allein und nackt an einen Baum gefesselt. Mir ist wahnsinnig kalt. Um mich herum liegt Schnee, was ich gar nicht begreifen kann.

Mein Kopf ist noch mit den Dingen beschäftigt, die Tarek erzählt hat. Voller Trauer weine ich um meine Eltern.

Irgendwann erscheint Tarek. Er bleibt vor mir stehen und streichelt meine Wange.

„Hast es bald geschafft, Mioleinchen", sagt er erstaunlich mitfühlend.

„Wird es wehtun?"

„Das verrate ich dir besser nicht, sonst vergeudest du die letzten Stunden deines Lebens damit, dich zu fürchten."

Mir fallen die Augen zu. Als sie wieder aufgehen, ist Tarek verschwunden. Ich bin jedoch nicht allein. Vor mir stehen viele Leute in langen Roben versammelt. Unter ihnen erkenne ich Pirk. Sofort bekomme ich Panik.

„Es ist soweit", sagt er.

Er trägt eine rote Robe und steht vor dem großen Baum, an dem ich gefesselt bin. Tarek tritt neben ihn, bevor er zu mir kommt.

„Nicht mehr lange, dann bist du einer von uns", flüstert er mir glücklich zu. Seine Worte lassen mich erzittern.

„Albrecht, bring das Mädchen! Entzündet das Feuer! Die Zeit ist gekommen."

Pirks Bruder tritt in einer schwarzen Robe aus der dunklen Nacht hervor. Er hält eine Frau fest. Sie ist noch jung und hat Angst. Ihr Körper ist von weißem Stoff bedeckt.

Hinter ihr und Albrecht wird ein Feuer entzündet. In Sekundenschnelle und beinahe gleichzeitig erleuchten Flammen in sechs Feuerschalen die Nacht. Entsetzt erkenne ich ein Dutzend Menschen, die im Halbkreis hinter den Feuerschalen um mich versammelt stehen.

„So viele Jahre haben wir gewartet, doch heute - HEUTE ist das Warten vorbei. In dieser Blutmondnacht werden wir die Key-Energie entfesseln und unserem Herrn und Meister dienen."

Ein glückliches Raunen geht durch die Menge.

„Im Zeichen des Blutmondes opfern wir das Blut der Jungfrau und erzürnen die Macht, um Seelen zu brechen und dem Teufel Fatum zu trotzen."

Erneutes Raunen. Ich höre Füße, die rhythmisch auf den Boden stampfen. Panisch wende ich meinen Blick ab und sehe zu Tarek. Er zwinkert mir zu. Meine Angst ist ihm egal.

Ich starre zurück zu den Menschen um mich herum. Sie fangen an zu summen. Die Tonlage ist unangenehm und schmerzt in meinem Gehör. Ich will mir die Ohren zuhalten, aber die Fesseln verhindern das.

Ein rotes Leuchten wird am Himmel sichtbar. Es ist der Mond. Sein roter Schein färbt die Nacht blutig. Das Summen der Menschen verstummt schlagartig.

„Zuerst das Opfer, um den Hass der Macht zu entfachen", ruft Pirk dem Vollmond entgegen.

Albrecht nimmt die Frau und dreht sie in die Richtung der Dutzend Menschen an den Feuerschalen. Die Kapuzen ihrer Roben verbergen ihre Gesichter. Ich bilde mir trotzdem ein, sie lächeln zu sehen.

Plötzlich zieht Albrecht einen schwarzen Dolch hervor. Er hält ihn der Frau an die Kehle. Sie rührt sich nicht, bis er gnadenlos ihren Hals aufschneidet. Ihr kurzer Aufschrei verstummt und mischt sich mit ihrem Blut. Sie sinkt röchelnd zu Boden. Pirk reicht Albrecht eine Fackel.

„NEIN", schreie ich in meiner Verzweiflung und werde unfreiwillig Zeuge, wie Albrecht ihren leblosen Körper in Brand setzt. Die Hitze des Feuers dringt bis an mich heran. Unerwartet haucht Tarek mir einen Kuss auf die Stirn.

„Das ist total romantisch. Findest du nicht auch?"

Ich kann ihm nicht antworten. Der Schock sitzt zu tief.

„Großer Herr und Meister – wir opferten die Jungfrau aus unseren Reihen und schürten den Zorn der Macht", ruft Pirk. Die Menge setzt das Summen fort. Ich starre voller Furcht in die Flammen.

,Gott, wie kannst du so etwas nur zulassen?'

Der Anblick der Frau raubt mir meinen Verstand. Ich rieche ihr Fleisch im Feuer verbrennen. Mir dreht sich der Magen um.

Pirks Gemeinde löscht nach ewig erscheinenden Minuten das Feuer. Ich weiß, dass ich nun an der Reihe bin. Stumm höre ich seiner weiteren Rede zu, bis Albrecht mit seinem Dolch an mich herantritt. Tarek macht ihm Platz.

„Wir sehen uns bald Mioleinchen. Dann bist du einer von uns. Hach, ich freu mich so!"

Albrecht grinst.

„Ich werde deiner Kehle Schreie entlocken, die sie noch nie von sich gegeben hat. Du wirst dir wünschen, nie geboren worden zu sein."

Ich starre den alten Mann an, als er auf mich zukommt und beginnt, mit dem Dolch meine Haut aufzuschneiden. Ich schreie. Es tut wahnsinnig weh, aber er hört nicht auf.

„Der Hass des Ersten Keys wird uns unbesiegbar machen. Großer Meister Malum, wir überbringen Euch eine von Zodans Seelen. Auf dass sie Euch den Jahrtausende andauernden Krieg gegen Teufel Fatum gewinnen lasse." Pirkt schreit in die blutrote Nacht hinaus, während sein Bruder mir einen sechszackigen Stern in die Brust schneidet. Die Schmerzen sind unbeschreiblich. Ich brülle mir die Seele aus dem Leib und verliere immer wieder für kurze Zeit das Bewusstsein.

„TÖTET DEN KEY", schreit die Menge.

Albrecht lässt sich an meinem ganzen Körper aus und bereitet mir die letzten Qualen meines Lebens. Sein grauenvolles Lachen dringt an meine Ohren, bis mein Körper aufgibt. Der Schmerz hört auf. Doch bevor ich endgültig das Bewusstsein verliere, höre ich die vertraute Stimme des Mädchens aus meinem Traum, den ich schon vergessen hatte.

„Ich bin bei dir, Emilio. Bis in alle Ewigkeit werde ich an deiner Seite sein. Du musst keine Angst haben. Wir sind hier und werden dich befreien", sagt sie, bevor die Finsternis mich verschlingt.

Wenn die *Normalität* de
Paranormalen nich
mehr entgegenzusetzen ha
wächst die *Verzweiflun*
und das *Böse* gewinr

NACHWORT

2022 ist die Erstauflage dieses Bandes erschienen. Ich habe mir erlaubt einige Dinge in der Neuauflage zu verbessern, um die Story aufzuwerten. Sie fügt sich damit besser in die *Keys of Zodan*-Serie ein, mit der ich mich nun bereits seit fünf Jahren beschäftige. Eine ziemlich lange Zeit, bei der noch kein Ende in Sicht ist. Ich hoffe, euch freut das, denn somit werden noch viele Abenteuer und Überraschungen auf euch als Leser warten. Werft bei der Gelegenheit auch gern einen Blick in den Manga von *Keys of Zodan Recurring*, an dem ich aktuell arbeite.

Ich danke für die Treue und hoffe euch im nächsten Band wieder begrüßen zu dürfen.

Sandra

BAND 1+2

In einer Welt, in der Menschen gemacht und nicht geboren werden, herrscht die Kontrolle. Der Tech Kian ist die lebensverachtende Ideologie leid, die das System hervorgebracht hat. Als er einem gefangengenommenen Non-Tech Jungen begegnet, beschließt er, aus dem Gehorsam auszubrechen und der Tyrannei ein Ende zu bereiten.

Blue Eye Lie
Band 1: ISBN: 978-3-757-80495-4
Band 2: ISBN: 978-3-759-78628-9

BAND 1

Milan führt das Leben eines normale Oberschülers, wäre da nicht die fanatisch Stalkerin Raxia, die ihm ständig erzählt, dass die Welt retten soll. Bevor er das tut, muss sterben. Bleibt Milan eine Wahl?

Keys of Zodan Recurring
Band 1: ISBN: 978-3-7693-1733-6